休むヒント。

群像編集部／編

講談社

休むヒント。

もくじ

不眠者の休息　麻布競馬場　6
すべてを明け渡す　伊沢拓司　12
雨の日も、風の日も。　石井ゆかり　18
働きマンのように　石田夏穂　24
大切なのは、答えなしに生きる強さだ（映画『サムサッカー』の中のセリフ）　岡本 仁　30
休むことは開かれること　角田光代　36
家族旅行とギックリ腰　角幡唯介　42
ふぐの脱走　くどうれいん　48
自分の時間を休む　古賀及子　54
何もしない　小西康陽　60
ふらぬーる　斉藤壮馬　66
長い旅、短い旅　酒井順子　74
これが私の育休中　酒寄希望　80
ホリ子ちゃん　向坂くじら　86
休み力　佐藤良成　92
それは向こうからやってくる　杉本裕孝　98

お休meなさい　高橋久美子　104
釣り　滝口悠生　110
それを「休み」としてしまえばいい　武田砂鉄　116
マインドフルに休みたい　竹田ダニエル　122
ご自愛しまくろう　つづ井　128
休む価値のある関係　年森瑛　134
カーテンもないし　永井玲衣　138
会議を大っぴらに「さぼる」男女が増えぬ限り、この国の未来は途方もなく危ういと思う　蓮實重彦　144
シャヴァーサナの話　平松洋子　150
離れる時間　藤代泉　156
問いの立て方が間違っているのではないか？　古川日出男　162
ヤスムノコワイ　星野博美　168
確かにそういう時間があったということ　堀江栞　174
休み時間　益田ミリ　180
休息の解像度　宮内悠介　186
勤勉なふりをした休日　宮田愛萌　192
線を抜く　吉田篤弘　198

休むヒント。

不眠者の休息

麻布競馬場

昔から、眠ることが苦手だ。ベッドに横たわり、電気を消し、目を瞑《つむ》る。そのあと、いったい何をすればいいのか分からなくなる。まるで眠るという行為のありようを忘れてしまったかのように、なかなか寝付けない日も多い。静かな寝室で、僕はただ目を瞑っている。感覚が遮断されているせいか、「明日、あの資料を上司にチェックしてもらわなきゃ」とか「来週、友達の新居祝いに何か手土産を用意しなきゃ」とか、むしろ頭の中を跳ね回る思考の存在をより鮮明に感じることになる。そうなるともうダメで、僕は眠ることを諦《あきら》めて上体を起こし、寝室の壁をじっと見つめる。

ベッドの脇のローテーブルには、さっきまで読んでいた本が置いてある。知人の作家の新作で、嫉妬《しっと》するくらいに面白かった。僕がこうして眠ることもできず、ただ壁をじっと見つめるという「無価値な時間」を過ごしている間にも、彼は執筆や調べものをしているかもしれない……。そうだ、僕は眠ることと同じくらい、休むことが苦手なのかもしれない。休むことは無価値なことで、休めば休むほど自分が無価値な存在になってゆくような感覚すらある。

成長が好きだ。昨日の自分より価値ある自分でいたい。そのためには、常に情報を食い、咀嚼《そしゃく》し、エネルギーに変換し、思考しなければならない——そんな強迫観念に、典型的かつ模範的なサラリーマンである僕はきっと囚われている。別に大学を卒業してから突如として発症したわけではなく、小学4年生から塾に通い始め、全国テストの成績が印刷されたA3用紙を眺めていたときから、実はずっとそうだったんじゃないだろうか？　現代日本における学歴とは知性の指標ではなく、「そこでどのように行動すれば最も高いポイントを獲得できますか？」というゲームの巧拙の指標、つまり22歳くらいまでの人生における器用さの指標なんじゃないかと最近思う。結局僕は、勉強や内申点、あるいはサークル活動や就職活動など、追ってくるものはそのライフステージによって異なるけど、とにかく何かからうまく逃げ、なるべく正しいとされる場所に至るために、毎日毎日、生物として眠るべき時間にまで考え事をしているのだろう。

それを自覚してから、僕は走るようになった。仕事から帰ってきて、予定がない日はほとんど毎晩ランニングに出かけた。走る。息が弾む。酸素の粒が血液をめぐる。足は徐々に重たくなる。走るとき、僕はなぜだか何も考えずに済む。僕にとって、走ることは抵抗の行為だ。それは効率的な移動のためではない。健康にはいいだろうが、別に僕は健康のために走ってはいない。それは僕の暮らしの中で唯一と言っていいほどに、まったく無価値な時間だ。そこには生産性も学びもない。僕は何も考えず、まるで意思を持たない機械のようにただ足を動かしている。価値ある人間でいなければ、そのために有意義なことをしなければ、と自分を衝き動かす強迫観念に中指を立てながら、僕は夜の東京を走る。走っている時だけ、僕はあらゆることから自由になれる。

僕たちは、価値を生み出すための機械ではない。もちろん、生活のためにはお金が要るし、お金を得るための一番簡単な方法は価値を売ることだ。それに、価値を生み、それによって人が喜ぶのを見たり、お礼を言われたりするのは気持ちがいい。もしかすると僕は、ある種の爽やかなスポーツとして「価値を生む」という行為を愛しているのかもしれない。

ただ、そんなスポーツに人生を乗っ取られてたまるか、という意地みたいなものもある。僕の人生は僕だけのもので、社会のものではない。「誰かに価値を与えるために自分だけが苦しむなんて、収支が赤字やないか！」という馬鹿げたエゴイズムは、過度な献身性に対するお守りになる。僕にとってはきっと、その象徴が走るという行為なのだろう。価値を生むという行為によって命を削るなんてことがないよう、無意識のうちに自らを牽制している。だって、短い人生の中で何度も目撃してきたとおり、人間は驚くほど簡単に死んでしまうのだから。

1時間ほどのランニングを終えて家に戻る。シャワーを浴びて、簡単な食事を作って食べて、本を読んだり映画を観たりしているうちに24時を過ぎる。そろそろ寝るか。べッドに横たわり、電気を消し、目を瞑る。今日はうまく眠れるだろうか？　去年から文筆業を始めたが、それに伴って考えるべきことも、うまく眠れない日も増えた。ランニングのせいで体は疲れているのに、頭は一向に休む気配がない。ため息をついて僕は上体を起こし、寝室の壁をじっと見つめる。生きているうちに、心の底から「休んでいる」と感じられる日は来るだろうか？　いや、そもそも――「休む」ことしかない人生を、僕は心の底から望んでいるだろうか？　価値を生み出すことを期待されず、期待されたとしてもそれに応えず、ただニコニコと暮らす。そんな日々の終わりなき連続に、僕は耐えられるだろうか？

　やっぱり僕は、休むことが苦手だ。それは生まれつきの心の形のせいなのかもしれないし、三十数年の人生のうちに心に染み付いたもののせいなのかもしれない。何にせよ僕は、自分にとって「休むこと」と「休まないこと」の最適なバランスを探す必要があるのだろうし、それはその時々によって変化を続けるだろう。こうしてまた、考え事がひとつ増えてしまった。

　僕は再びベッドに上体を沈め、目を瞑る。不思議なことに、眠ることは死ぬことと似ている。休むこともまた、そうなのだろう。生きることと死ぬことの間を、僕は今夜も眠れないまま漂っている。

麻布競馬場（あざぶけいばじょう）

1991年生まれ。会社員の傍ら、覆面作家として小説をSNS上で発表。2022年に刊行した『この部屋から東京タワーは永遠に見えない』で一躍注目を集める。他の著書に『令和元年の人生ゲーム』がある。

すべてを明け渡す

伊沢拓司

「お金で時間を買い、時間で経験を買う」。これが長らく、私の行動哲学だった。お金は稼げさえすればいつでも得られて、過去に失ったものを取り戻すのも比較的容易だ。時間はつねに一定量が供給されるが、過去は戻ってこない。経験は一度の機会を逃すともう二度と得られないかもしれない。ゆえに、お金より時間を、時間より経験を得ることを優先してきた。バイトに明け暮れた学生時代、生活のために時間でお金を買っていた自分にとって、この指針は究極の贅沢《ぜいたく》であり優越であった。

しかし、いつしかそれは呪いへと変わった。「仕事をすれば、時間で経験を買い、かつ時間を買うためのお金も得られるじゃん」。悪魔の囁《ささや》きはいつだって理にかなっていて、仕事ばかりを優先する魔のループが完成していた。

たしかに、多くの仕事を通して他の人ができない経験を沢山させてもらった。それが嬉しくて、時間をひたすら経験のために使った。お金で作った時間に予定を詰め込み、空けた時間にまた詰め込み……20代も後半に差し掛かる頃には、年間の休みが片手で数えられる程度になっていた。

ここまでくると、休むこと自体への恐怖が芽生えてくる。休むと、より休みたくなるからだ。高校時代、ズルズルと遅刻欠席を繰り返していた自分のことは、誰よりも自分が知っていた。予定が空けば、仕事を入れる。なくても自分で作り出す。止まることを恐れていたら、知らず知らずのうちに仕事をしつづけるだけの最強永久機関が完成していた。

「休み方を忘れているな」と気づいたのは去年か今年のことだ。突然収録が中止になることが何回か続いた折、空白の一日に対して感じたのは喜びよりも焦りであったのだ。

必死で休みらしいことをした。図書館に行ったり、運動をしたり、仲間を集めてクイズをしたり。とはいえ、急な休みだからなかなか上手くはことを運べない。「折角の休みなんだからうまく使いたい」という切迫感。ジリジリと心が追い立てられた結果、いつも夕方には溜《た》まった仕事に手を出していた。なにせこれが落ち着くのだ。「また休みたくなる気持ち」と「休みを有効活用できなかった後悔」を一挙に解決できてスッキリする。自分で自分を持て余す、まったくの本末転倒。わかってはいるのだが、心身良好だったこともありこのループからは抜け出せなかった。

　かつて夏目漱石は、修善寺にて突如大病を患い、自らの死生観を改めるに至ったという。それになぞらえるのはおこがましいのだが、私に転換をもたらしてくれたのもまた、修善寺の地だった。

　泊りがけの仕事を終えてのランチ。当地に詳しい知人が、「自分も初めて行くんだけれど」と前置きしてレストランをアテンドしてくれた。

　その店「羅漢《らかん》」は、古くてこぢんまりとした、山あいの一軒家だった。まわりには何もない。いや、正確には田畑があり、川があり、美しい桜の木があったのだが、それに気づいたのは料理が出てきてからだった。

　この家を一人で守る女将さんは、一品ごとに別の部屋へと私達をいざなった。移動先には料理が用意されており、案内を終えると調理へと戻る。必然、時間はかかる。一品につき30分。前日から一緒にいたメンバーだったこともあり、すぐに会話は尽きた。ただただ女将さんの考えるままに動き、静かに食べる。この先がどうなるのか、いつまで続くのかもわからない、強制的な休みだ。自分の主導権を他人に渡したのは、なんだかとても久しぶりな気がした。

いつものような焦りがなかったわけではない。でも、落ち着きなのか諦めなのか、今を楽しむしかない状況を受け入れていくにつれ、感覚が鋭くなっていく自分に気づいた。

せせらぎと、戸をきしませる風の音が、耳に入ってくるすべてだった。目の前には、畑の野菜を使った創作料理。手折られた桜の小枝が皿を彩る。古民家の柱は、太さも色もそれぞれ違う。囲炉裏の火は時とともに変化していく。器の一つ一つが、その料理のためとしか思えないお誂《あつら》え向きのデザインだった。

料理に、器に、建物に思いを馳《は》せる時、だんだんとこの店の持つ奥行きが感じられていく。山も川も、周囲にあるものはみなこの店の一部であった。

最後のお茶菓子をいただいた頃には、時計は16時を回っていた。滞在時間は締めて4時間。完全な想定外である。メンバーはみな、食事の合間にいそいそとリモート会議をリスケしていた。でも、どれだけ時間がかかっても、今この時を止めたくはなかった。

古民家の中で流れる時間、そこに至るまでに、女将さんが、建物が、自然が刻んだ時間。今ここにあるものを楽しみ、過去へ未来へと思いを馳せる。想像が、空間と時間をより豊かなものへと変えていった。何かを理解したかったわけじゃない、何かを得たかったわけでもない。ただそこにあるものが、それだけで美しくて、それで十分によかった。

それからというもの、困ったことに、私は休み方を覚えてしまった。カレンダーに「仕事を入れない日」をポツポツと加えていった。まったくもって営業妨害である。

夏の北海道。ある日は野付半島、ある日はサロマ湖に向かい、誰もいない砂嘴《さし》を一人歩いた。オジロワシが、打ち捨てられたコンクリートに止まる。重厚感のある翼の音。目を合わせないようにして、その佇まいを眺めていた。何を見たいわけではないけれど、何か見えてくるような気がする。ゆっくりと鋭敏になっていく感性そのままに、起こることをゆったりそのまま受け止めた。たとえワシがそこに留まり続け、微動だにしなかったとしても、それはそれで良いのだ。

自分の主導権を、何か他のものに明け渡す休み方。お金と時間と経験がどのように交換されるか、もはや自分では決められなくなる。それでも、本当に自分では何もしない。それが今は楽しいのだ。

もしかしたら私は、危ない扉を開けてしまったのかもしれない。案の定、また休みを取りたくなってしまった。

伊沢拓司（いざわ・たくし）

１９９４年生まれ。東京大学経済学部卒業。『全国高等学校クイズ選手権』で史上初の個人２連覇を達成。２０１６年に東大発の知識集団・QuizKnockを立ち上げ、現在YouTubeチャンネルは登録者数２１７万人を突破。２０１９年に株式会社QuizKnockを設立し、ＣＥＯに就任。『東大王』『アイ・アム・冒険少年』などのテレビ番組に出演するほか、全国の学校を無償で訪問するプロジェクト「QK GO」を行うなど、幅広く活動中。

雨の日も、風の日も。

石井ゆかり

２０２３年10月２日、私は仕事場のソファに寝転がって本を読んでいた。そのつもりだったのだが、２ページも読まない間に眠り込んでいた。夕方、西日が射し込む頃になって目を覚まし、「なんだ、またなにもできなかった」と苦笑した。

２０２３年は私にとって、ただひたすらに星占いの原稿を書いた年だった。12星座別の本を２種類、つまり24冊書く、というのがこの年のミッションだったのである。２０２２年9月に着手し、２０２３年9月に一応脱稿したのだったが、この間のプレッシャーとストレスは、かつて感じたことのないものだった。

特に閉口したのが、身体的な不調である。腰痛からのぎっくり腰、強烈な肩と背中のコリ、そこからくる腕と指先のしびれ、膀胱炎《ぼうこうえん》や原因不明の尿閉《にょうへい》、更年期による月経過多、激しい頭痛、睡眠中の歯ぎしりによる詰め物の崩壊など、次から次へと問題が押し寄せた。今年ほどいろんな病院に行った年もない。私は元々あまり病院が好きではないのだが、自ら粛々と予約を取った。

脱稿したのとほぼ同時に、肩と腰の痛み、頭痛が消えてなくなったのは本当におどろいた。書かなければならない量、過重な作業量、ということ以上に、「本当に書き上げられるのだろうか？」という不安が、ストレスになっていたのではないかと思う。脱稿後、物理的な痛みは消えたものの、毎日が徹夜明けのような状態で、まったく集中できない。連載執筆など普段のルーティンに、いつもの三倍の時間がかかるようになった。これはまずい、休んで回復しなければ！　と考えたが、なかなかそうもいかない。星占いの仕事は毎日、毎週、毎月の、ラットホイールなのである。小説ならば結末があるが、占いにはそれがない。焦りばかりがつのった。

10月2日は連載の〆切の合間で、「少しインプットをしよう」と思った日だった。本を手にしたものの、前述のように眠りこけてしまった。目をこすりながらなんとか起き上がって、スリープモードのパソコンも起こし、メーラーを見ると「「休むヒント。」ご寄稿のお願い」というタイトルがあった。思わず、変な声が出た。

休むヒント、まさに今の私が欲しいものである。そうか、この原稿を通して考えればいいのだ！　と思い立ち、「書きます！」と返信した。

しかし、休むヒント、どう考えればいいのだ。ひとまずネットで「休み方」などと検索してみると、膨大な「休み方」のアドバイスや書籍の情報が流れてきた。デキル人はこう休んでいる、休むと言っても寝ていればいいのではない、好きなことをしろ、身体を動かせ、そもそも休みの時間を確保すべし、等々、有益なアドバイスが並んでいる。だいたいみんな同じようなことを言っている感じもある。

これらを読んで、なんとなくイライラしてきた。何かが違う。こんなに「頑張って休む」ことをして、果たして「休んだ」ことになるのか。「休み方」を解説した本の多くは、人間の脳と身体を科学的に捉えようとしていた。確かに脳が疲れ、身体が疲れているのかもしれない。でも、脳だ、身体だと自分自身をモノ的に対象化し、コントロールしようとするそのスタンスは、果たして「休めて」いるのか。

思うにこの1年、私は「これではダメだ」「もっと早く書かなければ」「もっといいアイデアはないか」「この痛みをとる薬は」「この痛みに効くストレッチは」等々、自分で自分にダメ出しを続け、自分を疑い、自分を操作しようとし続けてきたのである。それで、疲れている。その疲れをさらに「これではダメだ」と操作的に扱うなら、やっていることが同じなのである。自分を疲れさせた発想で、果たして疲れを取ることができるのか。

「『存在と無』においては「即自《そくじ》」と「対自《たいじ》」は存在領域を二分するものとされ、まず緒論で「即自」が仮の規定を受ける。先の項目、「存在」と「無」でも見たとおり、即自は「ある」、「それ自体である」、「あるところのものである」と規定され、さらに「塊り」、「充満」などとも形容され、時間性を逃れており、創造されたのでもなく存在理由もない「余計者」であるとされる」（生方淳子著『戦場の哲学　『存在と無』に見るサルトルのレジスタンス』法政大学出版局）。皮相的な喩《たと》えという自覚はあるが、これはまさに「休んでいる人」のありようではないか。休んでいる状態とはつまり、時間性を逃れ、自分で充満し、存在理由などどうでもよくなった状態ではないか。「即自」の概念はあくまで「対自」を規定するために浮かび上がる相対的なもので、「「対自でないもの」が「即自」となる」という。つまり、私の勝手なアナロジーでは、仕事をしている、頑張っている自分は、つねに自分を対象化し、どうにか操ろうとしている「対自」状態である。それをやめることが「休む」ということで、「どうすれば休めるか」などという「対自」っぽい発想は、もはや休んでいないのである。

「「一休」とはおもしろい名である。子供にもおもしろい感じをもたせる。「ひとやすみ」と書くせいかもしれない。風変りなこの名について、一休自身も折にふれて語る。「ひとやすみ」のよってきたるところは、つまり、「有漏地《うろぢ》より無漏地へ帰る一休《ひとやす》み、雨ふらば降れ風ふかば吹け」」（水上勉著『一休』中公文庫）。この歌は一休の作とも、そうでないとも言われる。少なくとも一休は自分の著書の中で、これに似た表現を用いている。無漏地は煩悩のない世界、有漏地はその逆である。雨ふらば降れ風ふかば吹け、おのれが世界に放り出されている。この「ひとやすみ」には煩悩があり、煩悩がない。有漏地と無漏地、渾然一体《こんぜんいったい》の渦の中に私たちは「ひとやすみ」している。「対自」は

「煩悩」でもあろう。今のままでは許せなくて、どうにかしようともがきまわっている。一方、自分をもう操作しようとせず、風雨のただなかに放り出してしまうこともできる。

雨の日があり風の日がある。現実には、風雨を避けるために四苦八苦せざるを得ないのがほとんどの人間だろう。私もその一人で、みっともなく焦りもがき、ムダな努力、とも言えないほどのわるあがきに日々を送っている。そんな中、疲れきって、それでも尚、本を読もうと頑張ったが、結局睡魔に負け、ぐうぐう眠り込んでいる。

その全体が私の「ひとやすみ」なのである。で、ふりだしにもどった。

石井ゆかり（いしい・ゆかり）
ライター。星占いの記事やエッセイなどを執筆。「12星座シリーズ」は120万部を超えるベストセラーに。他の著書に『愛する人に。』『夢を読む』『親鸞』『星占い的思考』などがある。

働きマンのように

石田夏穂

午後三時ごろになると、だいたい見えてくる。今日は定時で帰れそうか否か。その日も別に午後五時で帰って差し支えなかった。しかし自分の仕事はいいけど周りが……との義理堅さも幸か不幸か感じないため、あとは時間になったら自分で自分にゴーサインを出すだけだ。

ところが、実際に午後五時になると、私は逡巡《しゅんじゅん》してしまう。いま、ものすごく元気なのだ。このぶんだとあと四、五時間は働けるだろう。さあどうしよう。むしろグッタリ疲れていればいいものを、自分が不必要にピンピンしているから、このまま退社するのは何かもったいない気がする。明日、朝から頭が痛かったらどうしよう。朝から胃が痛かったらどうしよう……明日からいきなり病弱になる設定が過る。いまの調子のよさを放置するのは、何かイケナイ気がする。

　そうしてシコシコ残業しながら、だんだんこんな風に思ってくる。自分、早く疲れろ。とっとと疲れて迷わず退社しよう。同僚たちが一人また一人と、帰り支度《じたく》を始める。皆さん良識に溢《あふ》れ「すみません、お先に失礼します」などと、居残る者らに一礼してから帰る。中には「歯医者の予約が……」「保育園のお迎えが……」「今晩、日本一が決まるんで……」など「私のいま帰る理由」を述べてから帰る者もいる。そうか。何かアフターファイブの予定があれば、元気を持て余しつつ帰るモチベーションになる。無趣味の独り者ほど帰る理由のないものもなかった。

　おっかしーなー。つまらん仕事の中でも特につまらんことをしながら、私は首を傾《かし》げる。自分、ぜんぜん疲れない。あたかも午前九時のように元気だ。午後六時になると作業が軌道に乗ってしまい（これ今日中に終わるかな……）などの欲も出はじめる。いい加減そろそろ帰りたいのに。それも去年までとは違い、不毛に勤続年数を重ねた結果、今年から「固定残業代制」になってしまい、だったら残業する意義など、この惑星のどこを探しても一ミリもないのに。こんな私がもし管理職になったら、非常に由由しきことだなあと思う。定時を過ぎてもパワフルかつ無趣味な上司など、部下にすればワースト一択だろう。

私も年に数回ほどは、ビミョーに体調の悪いときがある。しかし、たとえそういうときでも、貧乏性はこう思う。どーせ体調が悪いのであれば、いっそ仕事してたほうがいい。いま座っていても体調が悪いなら、布団で仰臥していてもそうだろう。だったらウーウー苦しみながら、チンタラ働いたほうがいい……何て、私は下劣な会社員なのだろう。貧乏性は「折角の年休を体調の回復に当てるなどありえん」と考えている。貴重な年休日には「エルモ」のように朝から怖いほどのハイテンションで臨まねばならない。私にすると「今日は体調が悪いので休みます」という人は、あまりに純真に過ぎた。

午後七時、締切の迫った同僚が、会社の自販機で「モンスターエナジー」を買う。別の同僚が箱買いしている「レッドブル」を開ける。私はこういう「エナジー」系ドリンク」の世話になったことがない。素でエナジー一杯だからな。それでも午後八時になると、少し目がショボショボしてくる。しかしそれも目覚まし系の目薬を差したら、見事に一発で治る。ついでにショボショボとはほんらい関係ない全身までもが、もう天晴《あっぱれ》なほどにリフレッシュされてしまう。おいおいおいおいおいおいおい。どうして私はあんまり疲れないのだろう。

　理由は極めて単純で、きっと私は日中をテキトーに過ごしているから、夕方以降もエネルギーがあり余っているのだ。いつまでも元気で退社しかねる自分を思うと、全くそうとしか思えない。すると「休む」ための王道というのは「それだけしっかり疲れる」ことだろう。

　今日も私は元気一杯である。それはいいことには違いないが、ほんの少しだけ悲しいことだ。何かに一生懸命な人というのは、どこか疲れているものではないだろうか。私は疲れている人が好きだ。目の下にクマを作って「ユンケル」でも「リポD」でも呷り、たぶん社会全体からしたら大した意義のない「仕事」をやろうとする人が好きだ。「オーバーワーク」っていいよな。私はそこまで自分を追い込んだことがない。「一日の睡眠時間は平均二時間です」って言ってみたいよな。それほど仕事に没頭してみたい。「もう何か人生で仕事しかしませんでした、アハハ」みたいな人には無性に心が惹かれてしまう。そういう悪い価値観。令和の思想犯のごとき、イケナイ憧れ。憧れるのは、幸か不幸か、自分がそうではないからだろう。

「バタンキュー」という表現がある。家についた途端、疲れのあまり布団に倒れ込むことだ。「バタンキュー」は私にとって「ええい、黙れ！」の「ええい」のように、知ってはいるが、どこまでも自分は使わない言葉だ。私はきっと、マジで疲れたことがない。それほど体力を捧げようと思える活動に出会ったことがない。だから、真に疲れたことのない私は、たぶん真に休んだこともないのだけれど、これから加齢するに従い「バタンキュー」となる日もそう遠くないと信じている。そしたら貧乏性も治らざるを得ず、初めてマトモに休めるだろう。ちゃんと休める人の前に、ちゃんとクタクタに疲れられる人になりたい。

石田夏穂（いしだ・かほ）

1991年埼玉県生まれ。東京工業大学工学部卒業。2020年に「その周囲、五十八センチ」で第38回大阪女性文芸賞を受賞。2021年に『我が友、スミス』が第45回すばる文学賞佳作となり、デビュー。他の著書に『ケチる貴方』『黄金比の縁』『我が手の太陽』がある。

働きマンのように

石田夏穂

大切なのは、答えなしに生きる強さだ

（映画『サムサッカー』の中のセリフ）

岡本 仁

数年前、鹿児島県にある〈霧島アートの森〉のアートホールで、自分自身が編集してきたものを展示する機会があった。展示スペースを3つ使った、なかなかに大規模なものだったのだが、ぼくは編集者であって、いわゆる作品をつくってきたわけではなく、何かをつくる才能を持った人々の手を借りて、それらをまとめ上げることしかやっていないのだから、展示するものなんてない。なんだかんだといろいろ悩んだ末に、最終的には「編集」とは何かをテーマにしてその依頼を引き受け、展覧会を構成した。入口に掲げたぼくのメッセージは「ぼくには答えがありません」という内容だった。こう言ってしまったときから、ぼくの毎日はとてものんびりとした、しかし充実したものになっていると思う。

自分が答えを持っていないと公言するのはとても面白い。眉を顰《ひそ》められることすらあるのだが、普通、何かしらの仕事というものは答えを持っている人に集中するのが道理らしい。それほどに、人々は常に答えを求めていて、あらゆることには「唯一の正解」があるはずだと信じられている。別にインフルエンサーになりたいわけでもないぼくは、ずいぶんと気軽に「答えはない」と言ってしまった。答えを持っていると言えば、編集学校の講師の依頼とか、コミュニティーづくりに四苦八苦する自治体からの相談とかが、少しはあったのかもしれない。でも反省はしないな。だって、たいがいのことには唯一の正しい答えがあるという前提がおかしいのだから（ちなみにぼくは学生のころから数学や科学方面はからきしダメなので、そこを割り引いてもらいながら、続きは読んでいただきたい）。

人前で何か話さなくてはならない場は、展覧会の後もありがたいことにゼロにはならなかった。で、話が終わり質問タイムに入る。「ナニナニするには、どうするのがいちばんいいでしょうか？」と訊かれる。それに対する答えは、人が提示してくれる答えなどアテにせず、あなた自身が探し、あなた自身で見つけ、それを信じて進めばいいのだ、である。もう少しオブラートにはくるむ（という表現はもはや通じないか？）けれど、そんなふうに答えて、質問者をおそらくがっかりさせ続けている。がっかりさせるといえば、ときどきインタビューを受けることがあるのだが、さんざん答えた後に、「では、あなたにとってナニナニとは？」と質問されると、軽く腹が立つ。ナニナニというのはそのインタビューのテーマで、それについてずうっと喋《しゃべ》っていたのに、一言にまとめることくらい自分でしてほしい。それは質問しているあなたの仕事でしょう。

閑話休題。これが答えですと言われてそれを鵜呑《うの》みにするよりも、まずは疑うことから始めるほうが、考える訓練になる。たしかにぼくには答えはないけれど、それは答えを探すことをやめたという宣言ではない。納得のいく答えが見つからないかもしれないとしても、いつも探してはいるのだ。

ゼロからイチを生み出す天才は、それほど多くはない。ならば正解を求めてそこにとどまり必死に検索するよりも、適当に一歩を踏み出すことを選びたい。歩きながら考えればいい。歩くことに疲れたら、コーヒーでも飲めばいい。コーヒーを飲む場所に集まる人は千差万別である。それらの人たちをぼんやり眺め、会話を聞くともなく聞いているだけでも、なにがしかのヒントが摑《つか》めるかもしれない。まあ、そんな感じである。

先日、はじめて韓国のソウルに行った。若い友人がNewJeansというグループを教えてくれて、その歌唱力とダンスパフォーマンスに驚き、しかもサウンドメイキングも素晴らしい。あきらかに日本のアイドルグループの何万光年も先に行っていると思った（「NewJeansおじさん」と揶揄されないよう、抑えめに書いている）。その前にNetflixで観た『ウ・ヨンウ弁護士は天才肌』という連続ドラマも唸るような面白さだった。難しいテーマにひるむことなく挑戦していく清々しさまで感じた。とにかく、猛然とソウルに興味がわいてきたのである。

1週間ほど滞在した。滞在している間に感じた、若々しい風通しの良さの正体が気になり、帰ってから韓国文学と韓国の近代史についての本を読みだした。これからの未来を考えるときに、これまでの歴史を学ぶことは大切である。そして自分が韓国について何も知らないことに、愕然《がくぜん》とした。いや知っていると思っていた答えのようなものは、日本側から見た一方的な視点で語られたことばかりだったという事実を、ようやくこの歳になって思い知る。

大切なのは、答えなしに生きる強さだ

（映画『サムサッカー』の中のセリフ）

岡本 仁

翻訳者・斎藤真理子の『韓国文学の中心にあるもの』（イースト・プレス）を読む。中に素晴らしい引用文を見つけた。

「でも、傲慢にならずにいましょうよ。どんなに若い人にも、次の世代がいるのですから。（中略）だからやれるところまでだけ、やればいいんです。後悔しないように」チョン・セラン『フィフティ・ピープル』（斎藤真理子・訳、亜紀書房）

またひとつ座右の銘を見つけた気分である。そう、最後までひとりでやるには人生は短い。だから知らない未来の受け手に向けて思い切りボールを投げておく。それだけで充分なのだと教えてもらうことは、力が入り過ぎてガチガチになった肩を優しくほぐしてくれる。リラックスするというのは脱力することではなくて、いつでも次の動きができるように力を抜いておくことだろう。

岡本 仁（おかもと・ひとし）

1954年北海道生まれ。マガジンハウスにて『BRUTUS』『relax』『ku:nel』などの雑誌編集に携わったのち、2009年に退社。現在はランドスケーププロダクツに所属し、インテリアショップや飲食店、内装業などの同社の幅広い事業の中で、カタチのないもの＝コミュニティづくりやコンセプトメイキングを担当している。2021年に鹿児島県霧島アートの森にて、展覧会「岡本仁が考える　楽しい編集って何だ？」を開催。著書に『ぼくの鹿児島案内』『果てしのない本の話』『ぼくの東京地図。』『また旅。』などがある。

大切なのは、答えなしに生きる強さだ

（映画『サムサッカー』の中のセリフ）

岡本 仁

休むことは開かれること

角田光代

意識的に「休む」ということが、私にはない。朝起きたらすぐに身支度をして猫にごはん、自分にごはん、片づけをして仕事場にいって、午後五時まで仕事をする。集中力が切れて、インターネットで猫の動画を見たり、あたらしくオープンした居酒屋を検索したりはするが、勤務時間中は横になることも、目を閉じてじっとするということもない。五時になれば帰って夕食の用意をするか、飲みにいくか。家でごはんを食べたらＤＶＤかネットフリックスを見て風呂に入って寝て、飲みにいけばとことんまで飲んで帰って風呂に入って寝る。風呂に入っているときは本を読んでいる。

飲んでいるときは脱力しているが、店でも家でも、やっぱり寝そべったりテーブルに突っ伏したりしないし、全力で飲むから疲れることもある。

日曜日は休日だが、朝六時半には起きてすぐ走りにいき、帰ってきたらごはんを食べて洗濯をして掃除をして、クリーニング屋さんにいって食材を買いにいって、そうすると夕方になるので夕ごはんの支度になり、また寝るまで飲みながらＤＶＤかネットフリックスを見る。ＤＶＤとネットフリックスは、飲みにいけなくなったパンデミックのさなかに趣味になったが、一年ほど前から仕事にかかわるようになってしまったので、集中して、ときにはメモを取りながら見る。

不思議なのは、こんなふうに朝起きたときから眠るまで、ぼうっともせずだらだらもせず、すべきことをやっているのだが、できる量がどんどん減っていくことだ。二十年前だって同じ二十四時間だったのに、締め切りは今の二十倍はこなせていたし、ジムふたつと英語教室に通っていた。そのときにくらべたら締め切りは少ないし習いごとも減らしたのに、それでも仕事は終わらない。いつもテンパっている。仕事に閉じこめられている感覚がある。それが疲れる。なんでなの？　どうしちゃったの？　と、この数年思い悩んでいたのだが、ふいに気づいた。加齢したのだ。年をとるって、こういうことなんだ。

以前よりはずっと少ないのに、テンパるほど終わらない仕事と仕事のあいま、一週間休めることがわかった。この一週間、休んでも家にいたら、家のことをやるだろうし、つい仕事場にいってしまうだろうし、パソコンを開いたらつい仕事をしてしまうだろう。そう思って、旅に出ることにした。

元来、旅が好きで、三十代の半ばまではずいぶんあちこちひとり旅をしていたけれど、あるときから猛然と忙しくなって、二週間ですら休めなくなった。旅にいけないと苦しいので、旅の絡む仕事を積極的に受けるようにしていた。旅にいく仕事がないときは、海外のマラソン大会にエントリーして、エントリーしたからと言い訳して旅に出ていた。それだって、長くて三泊の弾丸旅行だ。

一週間、何の予定も決めず、仕事も絡んでおらず、マラソンも走らなくていい旅は、いつぶりだろうと数えてみたら、二十年ぶりだった。二十年ぶりの休暇旅のいき先はクロアチアにした。ずっといきたいと思っていて、今となってはそもそもなぜいきたいのかも忘れている。

二十年ぶりといっても、この二十年、仕事絡みの旅や、休暇ながらも弾丸旅行なら、ずいぶんいっている。だから、今やガイドブック持参の旅行者などおらず、みんなスマートフォンを片手に、タクシーの配車も支払いもアプリですませ、飲食店を検索し、迷ったらアプリの地図を確認し、翻訳アプリで読めない言葉を読む、ということも知っているし、私自身も、インターネットに頼った旅をするようになっている。しかし、それでもはじめて訪れる町をひとりで歩くのは、たいへんに不安だった。しかもパンデミックの四年弱を挟んでいるし。

不安だから道ゆく人に何度も声を掛けて確認する。それでも迷う。時刻表を読み間違え、バスを乗り間違える。間違えた場所で、泣きそうになりながらまた通りすがりの人に確認する。その都度、自分自身に失望する。そして、なんとなつかしい不安と失望だろうかと、毎回、そのことに驚いた。インターネットが普及しても、五十歳をだいぶ過ぎても、旅における私の不安も失望も、まったく減じないとは。

ともかく歩く、いろいろ間違えて振り出しに戻る、明日行く予定の場所の下調べをする、バスや鉄道の場所も前日に確認する、明日の宿を決めるのに必死でレビューを読む、どの飲食店に入るかさんざん迷う、持参したカードが使えなかったので現金の減りを気にする、等々、文字どおり疲れることばっかりで、休暇とかバカンスといった言葉からはほど遠い。しかしながら、ものすごいいきおいで思考と言葉が浮かんだりつながったり消えたりして、私はそのことに仰天した。

私がこの日この場所を訪れなくても、すれ違ったあまたの人たちは存在していて、それぞれの日々を暮らしている。けれども私がこの体を運んでここにきたことで、それらを私の目がとらえる。そう思うだけで、ベンチで会話するおばあさんたち、公園のリスを見る子どもと両親、退屈そうにチケットを売る博物館の受付の若者、レストランの一角でパーティをしている人たち、引率されて歩く団体旅行客、人だけでなく、ひっそりとした路地の角、翻る洗濯物、午前中の市場、改装中の教会、目に映るそれぞれが持つ物語が、勝手にものすごい重量で浮かんでくる。もちろん想像にすぎないし、浮かんだってすぐ消えていって、何かかたちになったりはしない。しかしながら、閉じこめられているところの扉がすべて、ダイナミックに開いていく感覚があった。そこに流れこんでくるのだ、たくさんの光景の持つ物語が。

この感覚もなつかしかった。怒濤《どとう》のように想像が流れこんできて勝手に物語を作り、そのなかに少なくとも私には真実と思えるカケラがあって、それをうまいこと手にできると、若いときの私はそこから小説を書くことができた。そんなことも思い出した。

　これが私の休暇だ、と思った。不安と失望と自己嫌悪でいっぱいで、疲れきって心も安まらないが、しかしこれこそが私の休暇なのだった。そして、今までの多忙さもあるけれど、何よりパンデミックによって、こんな休暇がまったくとれなかったのだとも気づいた。ときどきはこうして休暇を与えないと、私の思考と想像力は縮こまり狭まり枯《こ》渇《かっ》していくのだということが、この短い休暇の旅で得た、いちばんの大きな実感だった。

角田光代（かくた・みつよ）

1967年神奈川県生まれ。1990年に『幸福な遊戯』で第9回海燕新人文学賞を受賞しデビュー。1996年に『まどろむ夜のUFO』で第18回野間文芸新人賞、1998年に『ぼくはきみのおにいさん』で第13回坪田譲治文学賞、2003年に『空中庭園』で第3回婦人公論文芸賞、2005年に『対岸の彼女』で第132回直木三十五賞、2006年に『ロック母』で第32回川端康成文学賞、2007年に『八日目の蝉』で第2回中央公論文芸賞、2012年に『紙の月』で第25回柴田錬三郎賞、『かなたの子』で第40回泉鏡花文学賞、2021年に『源氏物語』の新訳で第72回読売文学賞（研究・翻訳賞）を受賞。著書に『銀の夜』『タラント』『ゆうべの食卓』など多数。

家族旅行とギックリ腰

角幡唯介

十五年前に新聞記者を退職してから、休みというものをとった記憶がほとんどない。生業は物書きなので、労働的観点からみると執筆していないときが休みということになる。でも私は休みになると大抵山に行き、一週間も二週間も釣りや狩猟に明け暮れる。それだけ遊んでいれば十分休んでいるじゃないかとツッコミがはいりそうだが、私の場合、登山や狩猟のことも原稿にする場合があり、そう考えるとこれは遊びではなく仕事だともいえるのである。

性格的に多動気味でじっとしていることができないため、家でテレビを見てごろごろするとか、そういうことも学生時代以来やった記憶がない。俺の休みはいつなのだろう……と考えると、正直、家族旅行ぐらいしか思いつかない。

年の半分を極地や山で過ごす私にとって、家族との時間はやはり特別なものだ。

例年、夏に一回、冬に一回家族で出かける。といっても冬のほうは北海道の実家への帰省なので、旅行っぽい旅行は夏ぐらいしかない。つまり勝負は夏だ。夏の旅行に、真に休めるかどうかがかかっているのだ。

とりわけ今年の夏旅行は私のなかで重要な位置をしめていた。というのは、夏の旅行といってもこれまでは妻と娘と三人で山登りやキャンプに行くことが多く、それはそれで半分仕事感があった。しかし昨春に二人目の子供が誕生したことで事情は一変した。野外系がむずかしくなり、普通の観光旅行をするしかなくなったのである。

よ~し、今年は観光するぞ、ということで、どこに行くか家族でいろいろ話しあった。

私と妻が推したのは広島で原爆資料館を見に行くというプランだった。まわりに祖父や祖母のような語り部がいた私らの世代とちがい、今の子供は戦争のことなど何一つ知らない。私の娘（小四）は『はだしのゲン』さえ読んだことがないという。

過去を引き受けてこそ今がある。この国に生まれた以上、戦前、戦中に何があったか国民として知る義務があり、教育の一環として広島は望ましいと考えた。それに私も原爆資料館には行ったことがなかった。

こうして広島案が採用されるかと思われたが、さらに議論を冷静に進めたところ、広島はきついんじゃないかという話がもちあがった。何しろ下の子はまだ一歳四ヵ月である。ただでさえ車でチャイルドシートに縛り付けられるのが大嫌いなのに、このクソ暑いなか、八時間も九時間もぎゃんぎゃん泣きわめく赤子をあやしながら旅するのはつらいだけではないか、との現実的な意見に傾いたのである。

じゃあ紀伊半島の伊勢・鳥羽エリアと奈良にしよう。距離はちょうど広島の半分ぐらいだ。鳥羽近海には三島由紀夫の『潮騒』の舞台になった島もあるし、海や水族館があって子供も楽しめる。それに私自身、伊勢神宮に参詣したことも、奈良の神社仏閣を見たこともない。娘も「東大寺の大仏を見てみたい」と乗り気だ。よし、じゃあ奈良市内を観光して、途中に山でキャンプし、伊勢・鳥羽エリアにまわって伊勢海老を食べちまおうと、出発予定だった八月二十七日の数日前になりようやく計画がほぼまとまった。

ところが最後の最後に大どんでん返しがまっていた。

娘の自由研究のため二人でカヤックを漕ぎ、五キロほど離れた島に磯《いそ》の生き物調査にでかけたところ、持病の腰痛が悪化し、旅行に出発する直前にギックリ腰を発症したのである。

歩行は不可能、おしっこに行くときも、悶絶《もんぜつ》しながら体を起こし、ハイハイしながらトイレに行く始末で、家族旅行どころの話ではない。三日目にようやく立てるようになり、四日目以降はみるみる改善したが、よくなる頃には小学校の始業式をむかえ、家族旅行はお流れとなった。

腰痛はまるまる一ヵ月つづいた。最初のギックリ腰は一週間ほどでよくなったが、そうなると多動気味の私はじっとしていられず、日課のランニングを再開してしまう。するとまた発症し、歩行困難になる。一週間ほどたつとまた痛みが引き、水泳なら大丈夫だろと今度はプールに行き、また再発……。

二回再発させたところでさすがに懲りて、もう痛みが完全に引くまで本格的な運動はしないと心に決めた。そして毎日のように夕方になると息子をベビーカーに乗せて、近所を散歩した。

江ノ電極楽寺駅を通過し、導地蔵の御堂に二人で座ってぼんやりする。切通しの坂を降りて坂ノ下から由比ヶ浜の海岸に行き、砂浜で子供を遊ばせる。猛暑の影響か、海に流れ込む小さな川は普段より藻《も》が繁茂《はんも》しており緑色に濁っているが、息子はおかまいなしにおむつ一丁で飛び込み、お風呂みたいに肩まで浸かってけらけら可愛い声で笑う。棒を片手に魚の死体に群がるカラスを追いかけ、思い出したように波打ち際に駆け寄り、寄せては引く波の動きに翻弄《ほんろう》される。

太陽が稲村ヶ崎のうえで赤くなる頃、ペットボトルにいれたお湯で体を洗ってやり、家路につく。そこには、普段では考えられないほど、贅沢な時間が流れていた。

腰痛は「たまには体を休ませろ」という肉体からのメッセージだったのかもしれない。その後完全に回復し、冬の猟期にむけて体を鍛え直している。もう、息子と散歩する時間を取れなくなってしまった。

角幡唯介（かくはた・ゆうすけ）

１９７６年北海道生まれ。作家、探検家、極地旅行家。早稲田大学卒業。大学在学中は探検部に所属。２０１０年に上梓した『空白の五マイル』で第８回開高健ノンフィクション賞、第42回大宅壮一ノンフィクション賞、第１回梅棹忠夫・山と探検文学賞を受賞。２０１２年『雪男は向こうからやって来た』で第31回新田次郎文学賞、２０１３年に『アグルーカの行方』で第35回講談社ノンフィクション賞、２０１５年に『探検家の日々本本』で第69回毎日出版文化賞書評賞、２０１８年に『極夜行』でYahoo!ニュース―本屋大賞　２０１８年ノンフィクション本大賞、第45回大佛次郎賞を受賞。著書に『漂流』『極夜行前』『探検家とペネロペちゃん』『書くことの不純』など多数。

家族旅行とギックリ腰

角幡唯介

ふぐの脱走

くどうれいいん

実家でふぐを飼っている。ミドリフグという種類のもので、直径が五センチほどある。見た目はいかにもふぐらしく、ちいさなからだの上半分はうっすら緑色で黒い水玉模様がある。ぎょろっとした目とぽってりしたくちびる。ちょっと性格がわるそうな顔つきで、実際気性が荒い。水槽から脱走した回数は数え切れず、朝に母の悲鳴が聞こえて起きることがあれば、たいていふぐの脱走だ。床に落ちてしばらく暴れたのか埃まみれのからだは乾き、ぷくーっと膨らんでいる。しんだかもしれん。と思いながら菜箸でつまんで水槽に戻すと、数分後には何もなかったかのようにぱたぱた泳ぎだす。まったく死なない驚異の身体の強さを母は怖がっている。先日久々に実家に泊まって、夜中原稿を書きながら小腹が空いたので真っ暗なキッチンへ降りた。冷蔵庫を開けてプロセスチーズを出し、振り返ると暗い水槽の中でふぐが浮いたまま静止している。寝ているようだった。そうだよな。どれだけ気性が荒いふぐでも、寝るときは寝るか。チーズの包みを開けて齧《かじ》りつこうとしたその時、「ズボ！」と大きな音がした。ふぐが勢いよく飛びあがって脱走防止のために貼《は》っている穴の開いたラップに頭突きをしていた。また脱走しようとしている。「ズボ！」「ズボ！」と頭突きは三回繰り返された。

「あんたも寝なよ」

逃げないようにラップを抑えながらそう声が出た。眠い目をこすりながら原稿に向かう自分に言っているようだった。しかし。休むための脱走だってある。

昔から、疲れているときほどどこかへ行きたくなる。限界だ、もう無理だと思うほど、だれかに会いたくなる。休むのがうまい人たちには「どうしてそんな余計に疲れるようなことを」と呆《あき》れられてしまうのだけれど、とにかく疲れているときほどひとりでいてはいけない。おなじ場所に居てはいけない。沈殿している疲労をなくすために、いったんその疲労を猛烈にしゃかしゃか振りたい、と思ってしまう。わたしは疲労を攪拌《かくはん》したい。

疲れているときは忙しいときだから、自分の時間をうまく取れなくなっていることが多い。わたしは貴重な自分の時間を「家で静かに休む」という「やるべきこと」に喰《く》われてしまうのが癪《しゃく》だ。あたりまえかもしれないけれど、休むためには「休もう」と自分で納得したうえで疲労回復を実践することが必要で、休むのがうまい人は「休もう」と自分に納得させるのがうまい人なのだと思う。わたしはそれがとても苦手だから、「休みなよ」と言ってくれる人のところにまずは会いに行くことにしている。わたしは自分の言うことは聞けないのに、好きな人に言われたことならあっさり鵜呑みにする。だから八戸へ行き、仙台へ行き、福島へ行き、向ヶ丘遊園へ行き、北千住へ行き、鎌倉へ行った。だれかに近況を話して「忙しいね」と言われてようやく自分の忙しさを自覚できる。旅先ではしゃぐと当然からだが疲れて心の底から「休もう」と思う。それは自分のための「休もう」として納得できているので、思う存分休むことができる。「休もう」と思うことが苦手でも「行こう」と思うことが得意なら、思い切っていまいる場所から飛び出ればいい。

自分の疲労でだれかに迷惑をかけたくない、気を遣わせたくない、と思う人もいるかもしれないが、わたしは自分が飛び出すのと同じくらい、飛び出してきた人に「休みなよ」と言ったことがあるのでわかる。弱っている人が自分を頼りに来てくれるというのは、案外とてもうれしいものだ。

休職した友人が盛岡に会いに来た。明日行っていい？　と連絡が来て、あまりに急だったけれどすべての予定を融通させて時間を作った。合流したその子の顔はどう見ても疲弊しており、すべてのパワーが底をついた人にしか出せない笑顔をしていた。なにしたい？　と訊ねると「わからない」と力なく笑ったので、それなら付き合って貰おうか、と本当にわたしの用事に付き合わせた。買い物をして、コーヒーを飲んで、また買い物をした。会話をしていくにつれてだんだんテンションの上がってきた彼女は、立ち寄った染物屋で高値のバッグを買おうとした。「おい、だいじょうぶか、疲れてるぞ」と言うと「疲れてる、疲れた！」と彼女は笑って、そのバッグを買った。茜色の綺麗なバッグだった。休む前に、自分が疲れているということを一旦ぜんぶ広げて、疲れておるわい、がっはっは、と笑うことが何よりも必要なのではないかと思った。その子はその後会うたびに茜色の綺麗なバッグを持っていて、とても似合っている。疲労には買い物も効く。

生命力を維持するために、わたしたちにも脱走が必要だと思う。うまく休めないなら、休むしかないくらい大きな脱走をすればいい。いつでも自分の脱走の背中を押し、誰かの脱走も笑って受け入れられる人でありたい。実家のふぐは今夜も透明な天井に頭突きをし続けている。

ふぐの脱走

くどうれいん

くどうれいん

1994年生まれ。岩手県盛岡市在住。著書に、第165回芥川龍之介賞候補作となった小説『氷柱の声』、エッセイ集『わたしを空腹にしないほうがいい』『虎のたましい人魚の涙』『桃を煮るひと』『コーヒーにミルクを入れるような愛』、歌集『水中で口笛』、第72回小学館児童出版文化賞候補作となった絵本『あんまりすてきだったから』などがある。

自分の時間を休む

古賀及子

中学生と高校生の子どもと3人で暮らしている。もう立って歩いて自力で食事をとり出かければ帰ってこられる年齢だから、続き柄として子どもなだけで、生きものとしてはそれなりに大人といっていい。

かつて彼らがまだ幼く生物としても間違いなく子どもだった頃は、働きながら家事をしつつふたりを生かすことがそれは難儀だった。暮らすためには労働が必要で、労働を終えて帰れば家の仕事があって、自力では何事もおぼつかない人がふたりもいる。

自分の時間がまったく取れないことにうろたえたのは、人生であれが初めてだ。たいした勉強もせず大人になり、運よくちゃんと寝る暇のある仕事に恵まれ、心身ともに気を揉《も》むことなく楽しく健やかに生きてきた。意識せずとも十分に余暇を楽しむことができていたから、うわさに聞く、休みのない状態とはこのことかと震えあがった。

　どうしていいか分からずに、仕事を効率的に進める方法や家事のさぼり方、育児を楽にするテクニックをあてどなく探しては時間の余裕を作らねばと焦った。子どもがいても、同時に自分の人生を楽しむべきであるとやっきになることが、実際の忙しさ以上に自分を追いつめた。

　子どもたちを寝かしつけ、もう一緒に眠ってしまいたいのにシンクには洗い物が満載なうえに、帰ってきて降ろしたままのリュックにはその日のうちに確認せねばならない仕事がぱんぱんに入っていたある日、ついに、これは立ち止まらねばならないと危険を感じたのだった。

　居間の畳の上に裸足の両足を肩幅に広げてすくと立ち、腕を組んで照明器具からぶらさがる引きひもが揺れるのをじっと睨《にら》んだ。天井が、いつもより迫るように近い。

　そうして私は、明日から、自分の時間を休むことに決めた。

　それは例えば、本や漫画や雑誌を読むこと、音楽を聴くこと、映画を観ること、ゲームをすること、美術館や博物館に行くこと、友達と会って散歩をすること、場当たり的に株を買いＦＸで遊ぶこと、私らしい余暇のぜんぶだ。これをもうみんな、やらなくていいことにする。いま、目の前にあることだけをただ、やればいい。

忙しさは変わらなかったが、気持ちがゆるんで驚くほど楽になった。労働のない休日は子どもたちを児童館に連れて行き、風呂とトイレを掃除し、布団を乾燥機にかけると大きなスーパーへ行ってたくさん野菜を買って翌週１週間かけて食べる総菜を作り置きして、ふかふかになった布団で早い時間にもう眠ってしまう。

楽しみを手放しあきらめたという感覚は不思議となく、むしろ解放の心地がしっくりきた。気持ちはぐんと自由だった。

読むこと、観ること、インプット全般をやめたついでに新聞やテレビ、ネットのニュースからも遠ざかって政治や経済にすっかり疎くなり、当時の夫に「のんきなもんだ」と言われてもどこがのんきなのかまるでピンとこなかった。

髪が生えてきたのには笑った。お産に合わせて頭頂部の髪がごそっと抜け、その後半年くらいで急激に戻るというのはよく聞くが、私は抜けるだけ抜けて戻らず地肌を涼しくさせたままでいて、それが少しだけだが生え戻った。歯をくいしばることもずいぶん減って、夜の歯ぎしりで突起がへこみつつあった犬歯も削れなくなった。骨盤のゆるみも徐々に治って、おしりが痛んで歩きづらいことももうない。そもそも落ちていないはずの視力が、不思議と戻ったように世界が再度、見えはじめた。

仕事を終えると保育園に行って、子どもを自転車の前と後ろに乗せて走り出す。途中スーパーに寄って、子どもたちには飴を、私はビールを買うとみんなうれしい。前に乗った娘は無言で風圧をおもしろがり、後ろに乗った息子はよくしゃべった。なにか習い事でもしてみないかと、同じクラスのだれちゃんはピアノに、だれくんは水泳に通っているようだよと水を向けた日、じゃあバナナの早食い教室に行きたい、バナナをたくさん食べたいからと言うのをいつもの流れる景色に乗って風と一緒に聞いた。

もう無理に時間をこじあけなくていい。効率的に仕事をさばいたり家事や育児を上手にさぼったりしなくてかまわない。頭を使わずがむしゃらにちぎっては投げして日々をやりすごす、それがあの頃の私の休むことそのものだった。

少しずつ子どもたちは育った。食べ物を口に運んでやらなくても自分で摑んで食べるようになり、勝手に服を着て、あちこちへの送迎の必要がひとつふたつと減った。育つごとに、私は手放した自分ならではの余暇を、いちど枠からはずして散らかしたパズルのピースを集めてはめるように取り戻した。最初は漫画を読んだ。それからＥＤＭを聴いてフェスに出かけた。ＦＸで損した。コロナ禍の外出自粛期間には読書の趣味が一気に戻った。

友達との食事にもどんどん行く。このあいだ、ちょっとだけと思っていたのが飲みすぎて、ぐずぐずになって帰ってきて、娘に「もう寝な」と言われた。

翌日、二日酔いでうなりながら横になっていると今度は息子が興味深そうに「どれだけ飲むとこうなるの？」と私の顔をのぞいてくるから「わかんない、人による」とこたえる。

「なんで途中でやめないの」

「なんでだろう、どこかのタイミングで引き返せなくなる、調子に乗る向こう側にいく１杯がある」

「のんきだなあ」と笑われて、胃をなでながら寝返りを打つ。

古賀及子（こが・ちかこ）

1979年東京都生まれ。ライター、エッセイスト。著書に日記エッセイ集『ちょっと踊ったりすぐにかけだす』『おくれ毛で風を切れ』、エッセイ集『気づいたこと、気づかないままのこと』がある。

自分の時間を休む

古賀及子

何もしない

小西康陽

スカイツリーの美しさを知ったのはミシェル・ルグランの来日公演を観るために、すみだトリフォニーホールを訪れた夜のこと。JR錦糸町駅を出ると目の前に現れた鈍く光るタワー。ひと目惚れだった。またあるとき、神保町・駿河台下の交差点からもあの美しい鉄塔が見えると知って、ちょうど作詞を頼まれていたINO hidefumiさんにそのまま「スカイツリー」という題名の歌詞を書いて渡してしまった。東京タワーにもロマンティックな思い出は少なからずあるけれど、あの日からご贔屓はスカイツリーになった。ここ数年のあたらしい遊びとして「目的もなく路線バスに乗って終点まで行く」というのがあるのだが、はじめて乗車するバスの窓から思いがけずひと目惚れの相手に出くわす悦びといったら。

某月某日。シネマヴェーラ渋谷で午後2時15分から『月が出た出た』という小林桂樹が主演した新東宝の映画を観た後、メトロプラザにあるとんかつ屋で遅い昼食。この店は平日の夕方5時までがランチタイムで、昼も3時を過ぎるとひとり黙々と食事をする人ばかり。その雰囲気が気に入っている。

食事を終えて、さて、どこへ行こう。まずはコーヒー。そう考えて渋谷駅の方向に歩いていると、明治通りを挟んで向かい側の停留所に池袋サンシャインシティ行きのバスが到着するのが見えた。思わず信号を渡ってバスに乗り込む。この路線は渋谷から原宿、千駄ヶ谷、新宿、高田馬場と明治通りをひたすらまっすぐ走って行くのが楽しく、よく利用する。新宿伊勢丹前で降りることもあれば、早稲田松竹という名画座に近い高田馬場二丁目の停留所で降りたりするが、きょうはとくに予定もないので池袋駅東口まで。表参道に差し掛かるとちょうど夕方の5時、退勤する人々で車内はやや混み合っていたけれど、なんとか座ったまま池袋まで行くことができた。

池袋で何をするか、というと、何もしない。きょうは映画を観る予定もない。昔からあるタカセという洋菓子店でカジノという名の、アラブの菓子のように甘いパンに夢中になったこともあったが、きょうはそれもやめておく。

けっきょくコンビニでホット・コーヒーと小さなバウムクーヘンを買い、西武デパートの屋上「食と緑の空中庭園」に上がって、ただぼんやりする。8階のレストラン街から階段を上って扉を開けると、人はそれほど多くない。お気に入りのうどん屋・かるかや、はまだ営業しているけれど、さきほど食事を済ませたばかり。中央の水をたたえた大きな円形のカウンター席で、ノートパソコンを拡げて何か勉強をしている中国系の女子学生の座る席から2席はなれたところに腰掛け、空を見上げるとすっかり夜になっている。まったく期待していなかったバウムクーヘンが、食べてみるとやけにおいしい。ふた口で頬張って、コーヒーで流し込むとわけもなく楽しくなってきた。中国系の女子学生はまだパソコンと向かい合っている。お先に失礼します。

池袋パルコの前にバス停が3つ並んでいて、どれも長い列ができている。そのいちばん手前、上野公園行きの停留所。時刻表を調べるともうすぐ18時45分のバスがきて、なんとそれが終バスとのこと。平日は朝に4本、夕方に3本しか運行していない路線だった。めったに乗ることができない路線バスがこんなにタイミングよく到着するなんて。

さきほど屋上でバウムクーヘンを食べてから、なぜか気分が高揚している。

いちばん好きな最後部の窓側の席に座ると、バスはまもなく出発した。つぎの停留所はハレザ池袋。稲垣吾郎さんが主演する演劇の公演で何度か来ているブリリアホールがある場所。そのつぎが六ツ又陸橋。この交差点の先に年に何回か行く中古レコード店がある。知っているのはその辺りまで、交差点を大きく右折して東池袋二丁目から先はまったくなじみのないところをバスは走って行く。途中で乗車する客もすくなく、窓越しに映るのははじめて見る街並み。これこそ理想的なバス旅行。どちらかといえば昼の明るい時間にぼんやりバスに揺られるのが好みだが、街の灯りの煌びやかな夜のバスもきょうは楽しい。

向原の辺りで都電荒川線を見かける。そういえば以前、大塚駅から三ノ輪橋まで、この電車に乗った。あのときも荒川遊園の手前だったか、その向こうだったか、車窓から見える街並みの奥に何度かスカイツリーが顔を出して、その度に目を細めた。いまは東京さくらトラム、という名称なのか。中村登の『河口』という映画の山村聰なら「おお、厭だ」と嘆くだろう。

終点の上野公園で下車すると目の前に夜の不忍池がひろがっている。なんだか薄気味悪いが、公園には犬を連れた人やランニングする人、ベンチには恋人たちや缶ビールを手にした人たちがそこかしこにいて、誰もがリラックスしている。池の周囲をぐるりと歩いて、西郷さんの銅像が立つ公園に向かう階段をがんばって上る。さくらテラスという飲食店を集めたビルの屋上にあたる場所にくると、若いカップルがひと組だけ仲良く座っていて、女の子が男の子にもたれかかったり、抱きついてキスしたり。仲良きことは美しき哉。横目で見ながら西郷さんの銅像に向かうと透明なアクリル板でできた塀の向こうに上野駅があった。その左側、すこし遠い街の方向に青白く光る塔を発見して、うれしさが込み上げる。理由のない達成感。休むヒントは、何もしないこと。それに尽きる。

小西康陽（こにし・やすはる）
1959年北海道札幌市生まれ。作編曲家。著書に『わたくしのビートルズ　小西康陽のコラム1992-2019』などがある。

何もしない

小西康陽

ふらぬーる

斉藤壮馬

我々声優のスケジュールは流動的で、週のうち確実にこの曜日が休み、というようにはなかなかいかないものです。もちろん不定期ながら休みはあるのですが、だらだら過ごして気づけば翌日……なんてこともわりあい多いので、「休むヒント」と言われても、どちらかというと自分が教えてほしいくらい。

じゃあ、次の休みの日にしたいことはなんだろう？

散歩だね。

いつでもできるじゃん。

だから、ちょっと特別なものをさ。

そんなシンプルな着想から、今回はぼくの理想の休みの過ごし方を書いてみたいと思います。

＊

歩きはじめる前には、いくつかの準備が必要です。

まずは季節。この文章が掲載されるのは「群像」の一月号だと伺っておりますので、本来ならば冬にまつわる内容が好ましいのでしょうが、夏。夏です。しかも真夏ではなく、少しずつ秋の気配が忍び寄る晩夏がベストです。

翌日が休みで、かつその日の仕事が昼過ぎ……たとえば十五時くらいに終わったと仮定しましょう（声優の場合、そう珍しくはないスケジュールです）。

この一日半の休みを手に入れたという段階で、もはや勝ったも同然。今すぐにでも通し営業のお店に入ってビールをキメたいところですが、そこは我慢。まずはいったん帰宅し、シャワーを浴びます。これで一つ、オンとオフが切り替わった気がしますね。

さて、さっぱりしたところで、冷蔵庫に入れておいたキンキンのビール……はまだ飲みません。なるべくなら他の水分も摂《と》らないほうが好ましいです。ヘパリーゼは可。

日が傾き、気温も少し下がってきたので、買っておいた秋物のロングカットソーに袖を通します。お気に入りのティーシャツに、肌触りのいい薄手のカーディガンでもいいですね。

ここで肝要なのが、歩きやすさのみを重視した服装にしないこと。この散歩においては、「道中、いいかんじのお店を見つけたら、いつでも入ることができるんだぞ」という気構えで選んだ、ちょっとおしゃれな服を着ること。着ているだけで気分が上向きになる服ってありますよね。靴も同様で、サンダルでも、履き慣れた革靴だっていい。自分をいい方向に導いてくれそうな予感がするアイテムを選びます。

さあ、装備も整ったので、さっそく街に繰り出しましょう。散歩ですから、もちろんどこへ歩いたってかまいません。けれどぼくのこだわりは、「かつて住んでいた、あるいはよく行っていた街を選ぶ」というもの。

昔住んでいた家、通っていた学校や会社の側を通ると、えもいわれぬ郷愁に囚われること、ありませんか？　ぼくはあります。そこに至るまでの道ゆきで、当時のことを思い出したり、聴いていた曲を口ずさんだりして感傷的な気持ちに浸るのが、この散歩の主題というわけです。

この散歩の面白いところは、一人ひとりの記憶の場所がまるで違うということでしょう。だからぼくも、この文章では具体的な場所を挙げるつもりはありません。きっと誰しも、ぼくと同じような感情が湧き上がってくる自分だけの場所をお持ちだと思いますから。

ぼくの場合、十九になる年に一人暮らしをはじめた東京だけでも、何ヵ所かそういう場所があります。この日は可能なら、通常、徒歩では行かないような、ちょっと遠い街を選びたいものです。電車やバスを乗り継いで久々に降り立つ、でもかつては馴染みだった街……。自分の中で、勝手に物語が組み上がっていくのを感じながら、遊歩。

昔から、たそがれ時が大好きでした。世界がだんだん薄闇に染まっていき、白や橙の光がぽつりぽつりと灯りはじめる。すれ違う人々も妙に浮かれているようで、もしかしたらその中に、人ならざるものも紛れ込んでいるようで。

歩いているうちにどんどん日が暮れ、街もすっかり夜の顔。別に、繁華街である必要はありません。どこかから団欒《だんらん》の声が聞こえてくる住宅街でも、人っ子一人通らない畦《あぜ》道《みち》でも、どこだっていいのです。この今日という日——休み前日の宵《よい》の口に、ぼくだけの場所を、ただ歩く。それが心地よい。

そうは言っても、つまるところ勝手知ったる道なわけで。そう長い時間、感傷に浸るのはなかなか難しいでしょう。そんなときおすすめなのが、記憶の道からあえて少しだけ外れること。経験上、街の密度にもよりますが、最短ルートから二本ほど外して歩いていくと、あら不思議、既知をなぞるための散歩が、未知を歩く探検に様変わりします。

ここまできたら、もうあとはなんでも自由。ご無沙汰していたあの店に行くもよし、初めての店の暖簾をくぐるもよし、さっと帰って家飲みもよし、寝てしまっても、逆にどこかへ小旅行にだって行けちゃいます。ぼくに配られたのは無限の手札。何を選んでもいいし、何を選ばなくてもいい。時間を自分の意思で自由に使えるというのは、なんと贅沢なことでしょう。

今日の気分は新店開拓。そろそろ瓶ビールの時期だけれど、今日はたくさん歩いたし、最初はやっぱり生ビールからかな。和でも洋でも中華でもいいし、とにかくたらふく飲み食いして、帰って早めに寝てしまおう。たぶん、こういう日はきっと、お店は外さないようになっていて。

美味しい食事と心地よい会話を楽しんで外に出れば、夏の気配が世界を満たして、わけもなく笑みがこぼれてきそう。この散歩をした日は、ちょっとだけ上を向いて歩きたくなります。

明日はどんなことをしようかな、閉め切った部屋でクーラーをガンガンにかけ、ひたすら読書に勤しもうかしら。そんなことを考えながら、ほろ酔いの足取りは不恰好なステップみたいで、ああ、げにすばらしき休み前の夜。

*

翌日？

もちろん、夕方過ぎまで寝ていましたとも。いつもこうなっちゃうから、なかなか理想の休日を味わえないんですよね。まあでも、そんな怠惰《たいだ》な休みも、そう悪くはないということで。

斉藤壮馬（さいとう・そうま）

山梨県出身。声優。２００８年、高校在学中に第２回81オーディション優秀賞を受賞。出演作品は「るろうに剣心—明治剣客浪漫譚—」（緋村剣心 役）、「ヒプノシスマイク」（夢野幻太郎 役）、「ブルーロック」（千切豹馬 役）など多数。２０１５年に第９回声優アワードの新人男優賞を受賞。シンガーソングライターとしても活動し、２０２２年に第16回声優アワードの歌唱賞を受賞。著書にエッセイ集『健康で文化的な最低限度の生活』などがある。

ふらぬーる

斉藤壮馬

長い旅、短い旅

酒井順子

この夏、新型コロナウイルスが流行して以来、初めての海外へ行ってきました。久しぶりの海外旅行ということで、行く前は慣れぬ準備や済ませておくべき仕事などで疲れ果てたのですが、いざ旅立ってしまうと、心が途端に沸き立ちます。

行き先は、ロンドン。猛暑の東京から乾いた空気のロンドンに到着しただけでも、脳天が開いたかのようなハイな気持ちになってきました。

まずは、ホテルの目の前に広がっていたグリーンパークをそぞろ歩いた私。芝生を走り回るリスを眺めながら覚えたのは、日常生活が頭の中から一掃される爽快感でした。

根が貧乏性の私は、普段はソファでテレビを見ている時も、
「テレビなど見る時間があるなら、あのゲラを見るとかこの本を読むとか、いくらでも

郵 便 は が き

料金受取人払郵便

小石川局承認

1144

差出有効期間
令和８年３月
31日まで

112-8731

〈受取人〉
東京都文京区
音羽二―一二―二一
㈱講談社
文芸第一出版部 行

ご購読ありがとうございます。今後の出版企画の参考にさせていただくため、アンケートにご協力いただければ幸いです。

お名前

ご住所

電話番号

このアンケートのお答えを、小社の広告などに用いさせていただく場合がありますが、よろしいでしょうか？　いずれかに○をおつけください。

【 YES　　NO　　匿名ならYES 】

＊ご記入いただいた個人情報は、上記の目的以外には使用いたしません。

TY 000072-2401

書名

Q1. この本が刊行されたことをなにで知りましたか。できるだけ具体的にお書きください。

Q2. どこで購入されましたか。

1. 書店（具体的に：　　　　　　　　　　　　　　　　　　　　　　　　　）

2. ネット書店（具体的に：　　　　　　　　　　　　　　　　　　　　　　）

Q3. 購入された動機を教えてください。

1. 好きな著者だった　2. 気になるタイトルだった　3. 好きな装丁だった

4. 気になるテーマだった　5. 売れてそうだった・話題になっていた

6. SNSやwebで知って面白そうだった　7. その他（　　　　　　　　　　　）

Q4. 好きな作家、好きな作品を教えてください。

Q5. 好きなテレビ、ラジオ番組、サイトを教えてください。

■この本のご感想、著者へのメッセージなどをご自由にお書きください。

ご職業　　性別　　年齢

10代・20代・30代・40代・50代・60代・70代・80代～

することはあるだろうよ」

と心の中の貧乏神が囁き、罪悪感が湧いてくるのです。もう一人、心の中にいる優しい女神に、

「いやいや、『月曜から夜ふかし』を見てゲヘゲヘ笑う時間も、人間には必要。今はテレビを見てよし！」

と言ってもらわないと、落ち着いてテレビを見ることができません。

しかしロンドンへは、仕事をすっかり終わらせ、周囲にも夏休み宣言をして、やって来ました。クリーニング屋さんに行かなくてはだの、お米がそろそろ無くなってしまうだのといった家の雑事も一切、考えなくてよい。もちろんホテルのテレビには『月曜から夜ふかし』も映らないし、パソコンも日本に置いてきました。ただひたすら旅行という作業に集中することによって、日常のあれやこれやを頭から追い出すことができたのであり、それが「海外ハイ」状態をもたらしたのでしょう。

海外が久しぶりということもあって、その状態はセカンドバージン的強烈さをもって心身に響きました。コロナの間は家にいる時間が長くなり、「新しい日常」とやらとべ

ったり一緒にいましたが、誰もマスクをしていないロンドンで私も恐る恐るマスクを外せば、コロナの三文字も忘れることができた。

　コロナ後、久しぶりに海外に行った人の多くがそうだったのではないかと思いますが、ロンドンにおいて私は、このように「完全に休む」ことの効能を痛感したのです。普段の私は、仕事をしている途中で「ちょっと一息」と、YouTubeを眺めてASMR動画に没入したり、ネットショッピングをしたりと、ほとんど繁華街の真ん中に机を置いているかのような状態。しかし貧乏神から、

「こんな動画を見ていて大丈夫なわけ？」

と囁かれながらASMR動画を眺めたとて（優しい女神も、仕事中の動画鑑賞にはゴーサインを出してくれない）、「休んだ」という充実感を得られるわけではない。仕事と休みの境界線を曖昧《あいまい》にして、ちょこまかと、そしてだらだらと休憩するのであれば、どんとまとめて休みを取り、その分集中して仕事をした方がよほど効果的です。

　とはいえ円安に苦しむ日本人としては、そうそう海外に行くことができるわけではありません。そんな私に、旅行をせずとも脳内トリップ感覚をもたらしてくれるのが、お

稽古《けいこ》事の時間なのでした。

五十歳を過ぎてから、とみにお稽古事が好きになっている私。体力、精神力ともに減退を感じることの多い日々において、お稽古事をしている時間は、わずかであっても進歩を感じることができるのが嬉しいのです。

現在は、卓球、ヒップホップダンス、中国料理を習っているのですが、パーソナルコーチとの卓球レッスンでは、白く小さな球を全力で、追う。ダンスでは、日常では絶対にしない動きに、忘我。そして中国料理では、必死に野菜を刻み、鍋を振る……ということで、それぞれが異なるトリップ感覚をもたらしてくれる。仕事とは全く異なる世界を見るという意味で、お稽古事もまた、旅行のようなものなのです。

どのレッスンも、終わるとぐったり疲れて使い物にならなくなるのですが、しかし卓球やダンスや料理に夢中になっている時間は明らかに、私の脳にとっては一種の休暇。ピアノであれお習字であれ、お稽古事に嫌々通っていた子供の頃は、勉強もお稽古も肉体も、何もかもにおいて成長を期待されることに、うんざりしていたのでしょう。対して今は、「まだ成長の余地があったのか」という寿ぎ気分と共に、お稽古事の時間を過ごすことができるのです。

一つ問題なのは、お稽古事があまりに楽しすぎて「もっとしたい！」という気持ちが止められないこと。お稽古事は私にとっての逃避行動であり、「お稽古事だけしていたい」とすら思うのですが、しかし本当にそうなったら、今度はお稽古事が仕事のようになり、嫌気がさすに違いありません。

戻るべきホームがあるからこそ、旅行も逃避も楽しい。それらを楽しむためには、まずホームを整え、大切にしなくてはいけないということで、もう一つお稽古事を増やすことを、今はギリギリのところで我慢しているのでした。

長い旅、短い旅

酒井順子

酒井順子（さかい・じゅんこ）

１９６６年東京都生まれ。２００３年に『負け犬の遠吠え』で第４回婦人公論文芸賞、第20回講談社エッセイ賞を受賞。著書に『オリーブの罠』『子の無い人生』『男尊女子』『百年の女　『婦人公論』が見た大正、昭和、平成』『家族終了』『平安ガールフレンズ』『ガラスの50代』『日本エッセイ小史　人はなぜエッセイを書くのか』『本棚には裏がある』など多数。

これが私の育休中

酒寄希望

みなさんこんにちは。ぼる塾の酒寄です。私はぼる塾というお笑いグループの一員です。ぼる塾はあんりちゃんとはるちゃんのコンビ『しんぼる』と田辺さんと私のコンビ『猫塾』が合体して出来たカルテットです。私の出産がきっかけになって結成したグループなので、私はぼる塾の活動が始まったとき、【育休中】という形で参加することになりました。

私は以前から【育休】という言葉は知っていましたが、自分が出産するまでその中身は知りませんでした。想像と全く違いました。親戚の赤ちゃんと会わせてもらったときに「抱っこする?」と聞かれると「何かあると怖いから」と言って断っていた私が子育て。

私は子どもを産むまで2〜3時間おきに母乳を飲ませることも知らなかったし、飲ませた後に吐き戻しを防ぐために赤ちゃんがゲップをするまでひたすら背中をトントンすることも知りませんでした。赤ちゃんがうんちをしないだけで自分が、

「この子がうんちをしないのはきっと私のせいだ」

と思い詰める程悩んでしまうことも知りませんでした。他にもやらなければいけないことは色々あって、それを24時間睡眠もろくにとれずにずっと。赤ちゃんはとても小さくて、私がしっかりしていないと死んでしまうと心が張りつめていました。息子が少しずつ成長してハイハイするようになり、自分の力で動けるようになると新たな危険や難題が待ち構えていて、【育休（ボディーガード）】と（　）の中まで込みで事前に知っておきたかったと思いました。


そんな私の育休中の楽しみは相方の田辺さんからのＬＩＮＥでした。田辺さんは息子が生まれたときから毎日、「今日のみたらしちゃん（息子のあだ名）の写真ある？」というＬＩＮＥを送ってきました。私が息子の写真を送ると、毎回、

「あら可愛い！　牛タン食べている時の私にそっくり」

「あらあら！　寝相がピーターパンみたい！　私はウェンディーズやるわ！（多分言いたかったのはウェンディ。ウェンディーズはハンバーガー屋）」

というような彼女らしい感想をくれました。それをもらうと、今度は私が「今日は楽しいことあった？」と田辺さんに質問します。すると、

「今日鹿児島のお仕事で、あんりが『また来たい！　どこでもドア欲しい！』って言ったらはるちゃんが『タケコプターは？』って言い出して、あんりが『タケコプターで鹿児島まで行くのは大変だよ！　あんただけタケコプターで来な！』って怒ったよ」

「（当時の）マネージャーのMさんが部屋を間違えて中尾彬さんの楽屋でくつろいでいたよ」

などと、田辺さんはぼる塾になって一気に仕事が増えて忙しい中でも、毎日その日あった楽しかったことを教えてくれました。

毎日毎日、息子の色んな姿と楽しい思い出のやり取りをしました。

私は日々、息子の成長を感じながら、テレビでぼる塾の成長も感じました。売れなかったそれぞれのコンビ時代が嘘のように、ぼる塾はあっという間に人気者になり、私を

置いてどんどん遠くにいってしまう。インターネットでも、「ぼる塾は４人組らしいけど、３人で良くない？　育休中のやつは戻って来るな」などという書き込みを見て落ち込みました。そんな中でも、田辺さんからの「今日のみたらしちゃんある？」というＬＩＮＥは私の救いでした。

「この写真のみたらしちゃんとこの写真のみたらしちゃんは似ているね！」

「そりゃ、同一人物だから」

「確かに！　私は何が言いたいのかしら？」

子育てはつかの間の穏やかな時間でも、不安になりました。可愛い息子の寝顔を見ながら、もしも息をしていなかったらどうしようと何度も息を確認しました。私はこの子が可愛い。この子といたい。今はこの子の幸せだけを考えている。

けれども、私は田辺さんのことが変わらず大好きでした。新しい好きが増えたって、今まであった好きだってずっと好きでした。私は、田辺さんとする漫才が本当に大好きだったのだと離れてわかりました。

ぼる塾が、私と田辺さんがずっと出たいと夢見ていた番組に出演しました。そして、その番組でのぼる塾はとても面白かったです。

（私、本当にぼる塾を休んでいるのかな。一体私は何を休んでいるのだろう。私、復活したって何もできないよ）

ある日、私は田辺さんからの「今日のみたらしちゃんある？」に対して、「ぼる塾を辞めたい。私はいらない存在だから」という言葉で返してしまいました。田辺さんからはすぐに返事が戻ってきました。

「酒寄さんがいないとぼる塾じゃない。酒寄さんがいないと私は田辺じゃなくなる」

その言葉は、どうしようもなくなっていた私の心にすっと入ってきました。その理由には、長年一緒にコンビ時代を過ごしてきた歴史もありましたが、育休中に田辺さんが送ってくれた「今日のみたらしちゃんある？」から始まる毎日のやりとりが私にそうさせてくれたのだと思いました。だって毎日毎日ずっと田辺さんは隣にいるみたいでした。

「ぼる塾４人で、みたらしも一緒に楽しい道を進もう」

私は怖かったのです。ずっとずっと怖かったのです。売れなかった理由は自分だったのだと気づくことが。田辺さんの足を引っ張っていたのは自分だったのだと田辺さんに気づかれてしまうことが。でも、そういうことじゃなかったのです。私たちの関係は。
私は【育休中】に自分の弱さを知り、そして、大切な人の強さを知りました。【育休（　）】の（　）の中には、それぞれ自分だけの経験が入るから事前に知ることができないのかなと思いました。【育休（愛が育つ）】で、私はちょっとだけ強くなりました。

酒寄希望（さかより・のぞみ）

１９８８年東京都生まれ。お笑いカルテット・ぼる塾のメンバー。２０１９年の結成当初から産休・育休に入り、ネタ作りなどをサポート。２０２２年５月、ぼる塾初の単独ライブツアーの東京公演に出演、11月に神保町よしもと漫才劇場で約４年ぶりの通常公演に復帰した。著書に『酒寄さんのぼる塾日記』『酒寄さんのぼる塾生活』がある。

ホリ子ちゃん

向坂くじら

インフルエンザに罹《かか》ってしまった。

運営している学習塾の子どもたちから、あちこちで学級閉鎖やら学年閉鎖やらのうわさは聞いていたにもかかわらず、忙しさにかまけて予防接種を後回しにしていたのが運のつき。ふっと微熱が出て、思えば全身がだるいし、節々も痛い。これはただの風邪じゃないぞ、という迫力がある。次の日に検査を受けたら、しっかりインフルエンザA型の陽性と診断された。おかげで向こう五日間の仕事も約束もみんなキャンセル、もちろん教室もお休み。熱を帯びたわたしの体はこうして、日常のくりかえしからたやすく足を踏みはずし、「休み」という名の広い空中へと放りだされてしまった。

朝、わたしの眠っている部屋に、夫が「行ってくるよ」と声をかけにくる。感染を免れるために、部屋のドアから顔だけを覗《のぞ》かせて。

「君、ちゃんと休みなよ。仕事しないでよ。こんなときじゃないと休まないんだから」

その姿は、病んでぼやけた意識に、やけに遠く、小さく見えた。手を振ると夫も手を振りかえして、最後にひとことつけ加えた。

「がんばってね、ワーカ・ホリ子ちゃん」

「ワーカ・ホリ子ちゃん」というのは夫がたびたび用いるわたしの蔑称《べっしょう》で、ワーカホリック＝仕事中毒をからかっているのだ。確かにその日、わたしは仕事こそ休んだものの、ここぞとばかりに溜めていた勉強をし、経理の作業を片付け、布団を干し、しまいには家の中をわけもなくうろつき、ふだんはめったにしない掃除までしてしまった。おかしい。休まないといけないのに、なにかしたい。なにかできるのに、予定だけがぽっかり空いている。その居心地の悪さが、かえってわたしをいそいそと動き回らせるのだった。

幸いというべきか、結局たいして高熱が出ることもなく、そのせいでなまじ動けたのもいけなかった。わたしのインフルエンザＡ型はフヌケで、予定だけを奪い、意識までは奪ってくれなかった。眠り込んでしまえたほうがまだ楽だったかもしれない。見慣れたリビングが、狭く、どんより暗く思える。その中でわたしの意識だけが、煌々《こうこう》と光っている。

　焦っていた。あっという間に夕方だった。仕事が好きというより単に、動いていることが好き、という方が正しい。そして、動いていることが好きというよりも、動いていないことが嫌い、という方が、より正しい。

　本当はいつでも焦っている。亡くなった祖父はびっくりするほど魚をきれいに食べる人で、食後、背骨と頭だけがつるりと残った祖父の皿と、内臓やら小骨やらで汚れた自分の皿とを見比べると、なんとなく恥ずかしくなった。祖父がきれいに食べる理由が、戦争を体験したことにあると聞かされていたから、なおさら。休んでいると思い出すのが、そのきまりの悪さだ。なにもしていない時間、自分の命が、皿の上にお行儀わるく余っているように思えて。

　つまりこれは、命の問題なのだ。生まれてしまったからには、命を美しく食べ尽くさなければ、なにか値打ちのあることをしなければ、と思えてならない。書くことを考えるときには「傑作を書かなければ」と思い、働くことを考えるときには「なにか大きなことをしなければ」と思う。思ったからといってできるわけではないのだから、まぎれもない邪念である。そして、動き回っているときには、この邪念からいくらか楽になることができる。それは、高邁《こうまい》な理想の実現に向かっているから、ではない。反対に、動いてみてはじめて、いまの自分にはそこまでたいしたことはできないと思い出せるからだ。具体的に手を動かすことの重々しい必要は、手を動かすことそのものからしか思い出せない。わたしにとって動いていることとは、ともすると分不相応な気持ちが渦巻きだすのをこらえて、なんとかいまの瑣末《さまつ》な自分から出発しようとすることなのだった。

　災いのようにあらわれた休みの中で、息切れしながらそのことを実感していた。動きつづけることを止めてしまうと、日頃なんとかなだめていた理想が忍び寄ってきて、後ろから首を絞めてくる。ああ、なにかしないと。なにか、値打ちのあることを……療養初日、夫が帰ってきたときには、病状の順調な回復とは裏腹に、わたしはすっかり元気をなくしていた。ホリ子、休むのがへたすぎる。どうやら休むためには、そもそもこの

「なにかしないと」から逃れないといけないらしい。

夫はしなびたわたしと、不自然にきれいになった部屋とを見比べて「君……」と言いかけ、途中で口をつぐんだ。そしてどこか遠い目をして、「掃除、ありがとね」と言った。案の定休めなかったわたしに呆れ、しかし、とっさに責めないようにしてくれたらしかった。自分のできなさの前に立たされることは、つねにうんざりする。けれどまずは夫がしてみせたように、休むことすらできないわたしを、わたしもまた遠い目で眺めてみようか。いつかきちんと休めるようになるためには、そこからはじめるほかないのではなかろうか。

休むとは、小さなことに忙殺されるのでも、かといって大きすぎる理想に急き立てられるのでもなく、この今にある中くらいの自分というものを、いったん受け入れてみることなのかもしれない。

インフルエンザがあっけなく治ったいまでも、夫の去り際の呼びかけが、ときどき頭のなかで響いている。がんばってね、ワーカ・ホリ子ちゃん。はい、がんばります。中くらいの、瑣末《さまつ》な自分を、じっと休んでみます——結局、休むにしても「がんばる」ことをしようとしている時点で、すでになにかずれている気もするが。

向坂くじら（さきさか・くじら）

1994年愛知県生まれ。詩人、国語教室ことぱ舎代表。ギター・クマガイユウヤとのユニット・Anti-Trenchで朗読を担当。著書に、詩集『とても小さな理解のための』、エッセイ集『夫婦間における愛の適温』がある。

休み力

佐藤良成

二〇二二年に発表した「丈夫な私たち」というアルバムの中に「返事を書こう」という曲がある。元々は人からの依頼を受けて作った曲で、自分たちのアルバム用に再録音するにあたってアレンジを練り直していた。

間奏でフィドル（バイオリンの俗称）が入ってきて、その後のサビでカウンターメロディを取ったらいいんじゃないか。アイルランド音楽風の旋律で、メビウスの輪のように旋律の終わりと始まりが切れ目なく繋《つな》がっていて、ずっと繰り返したくなるようなのがいいと思った。そこでフィドルを弾きながらメロディを考え始めたのだが、途中で夕飯に呼ばれた。こんなとき家族がいると強制的にひと休みになることを、かつては疎ましく思ったりもしたが、今はありがたく思う。外から止めるきっかけを与えられない限りひたすら続けてしまうのだ。とはいえ、夕飯を食べていてもそのメロディは頭の中で鳴り続いていて、あそこをこんな節回しにしたらいいかもと思いついては紙に書き留める。気分転換にと風呂に入っても、風呂の中ではメモができないため、思いついたアイデアを忘れないうちに一刻も早く出たいと、むしろそわそわしてしまう。

遅くまでフレーズを練り、いい加減疲れて布団に入っても、メロディが頭から離れなくて寝つけない。アイデアを思いついては布団から出て、スマホのボイスメモにハミングで録音する。そんな調子で夜は更けていき、明け方になってようやく眠ることができた。しかし、やはりというか夢の中でもメロディの手直しをしていて、朝起きたらまだ鳴り続いていた。ひと回し約二十三秒の切れ目のないメロディが頭の中で、文字通り寝ても覚めてもエンドレスに鳴り続けた。

十五年くらい前まではアルバムを作り終えると必ず気分が落ち込んでいた。当時はいつも、納得のいく作品さえできたら死んでもいいと思って制作に取り組んでいた。完成してしばらくはそのハイな状態が続くが、興奮が醒《さ》めると虚脱してくる。数ヵ月経つと作った作品への不満が湧いてきて、これでは死んでも死にきれない、次こそは、ともがきはじめる。この繰り返しだった。

　かつては自分の作品を世に出すことが活動の全てだったが、近年は依頼を受けて曲を作ることも多くなった。自我を煮詰めた分身のような作品作りの合間に、人を喜ばせるための創作が断続的に入るようになった。何かがひらめくのをただただ待ちながら曲を作るのと違い、依頼仕事だと数ヵ月後に〆切があって、それに向かって一曲ないし数曲を仕上げていくので、それと自分の作品作りとを並走させていると年中制作していることになり、落ち込んでいる暇がない。

　どうやら私にとっては、休みがないことが精神の平安をもたらしているようだ。目の前のことに精一杯で、ひとつ片付けたら次、というのを繰り返していると体は大変だが、悩みがないぶん心は晴れやかだ。あ～忙しい、俺めっちゃ働いてるな～、ビートルズとか手塚先生ってこんくらい忙しかったのかな～、いやいやいや、こんなもんじゃないでしょ、とひとりごとを言っていると楽しくなってくる。

音楽のことばかり考えていないでときには旅行でもしないと、と半ば義務感からたびたび旅行をしてきた。しかし実は旅行は苦手だった。旅で得たインスピレーションが創作に繋がるという旅への幻想があるために、行くからには何かを得ないとという圧がかかる。本当は大して興味ないのに、あちこち行かないといけない気がする。それで数年に一度海外旅行をしてきたが、楽しむどころかいつも早く帰りたかった。

それが変わったのは二〇〇八年に知り合いのミュージシャンと一緒に行ったバリ島だった。午前中からビールを飲んでは昼寝してという毎日で、こういう旅行なら悪くないと初めて思った。プール脇の寝椅子に寝そべって、前に泊まった誰かが置いていった宮部みゆきの『火車』を読んだら、これがものすごく面白かった。そうか、バリに来たからってバリらしいこと、遺跡を観たり、マジックマッシュルームを食べたりしなくてもいいのかと思ったら気が楽になった。以降しばらく旅行というと宮部みゆきの本を持っていって読んだのだが、意図的に何かを得ようとしてもうまくいかないようで、あのような感動を得ることはもうなかった。

今年の夏はバルセロナの友だちを訪ねてきた。二週間近く居候させてもらって、出かけたのは近所の市場やスーパー、電車で三十分の距離にある海（地中海）くらいだ。かろうじてサグラダ・ファミリアは見てきたが、ピカソ美術館へもミロ美術館へも、行きたいとは思いつつ行かなかった。泊めてくれた友人は「あいつ、本当に何もしないんだよ」と笑って人に話していた。

このバルセロナ旅行を決めたのは一年以上前、多忙を極めていたころだった。ある晩風呂に入っていて、たまには一人で旅行でもするぞと急に思い立った。そうだ、バルセロナだ、前からずっと行ってみたかったんだった、そうだそうだ、バルセロナだ、行こう、絶対行こう、仕事が一段落したら行こう、そうはいってもそんなすぐは行けないけど行こう！　バルセロナ〜、ワイン飲んで生ハム食って……

なんてことを湯船の中で考え、風呂から出て妻にこのアイデアについて話した時点で、私はもうバルセロナに行って帰ってきて充分に休息が取れたような満ち足りた気持ちになっていた。

休み力

佐藤良成

佐藤良成（さとう・りょうせい）

１９７８年神奈川県出身。１９９８年に佐野遊穂とのデュオ・ハンバートハンバートを結成。テレビ、映画、ＣＭなどへの楽曲提供も多数。２０２３年に結成25周年を迎え、記念アルバム「FOLK4」を発売、全国10箇所にわたるツアーを開催した。

それは向こうからやってくる

杉本裕孝

お休みの日はなにしてますか？　普段、誰かと会話していて、こんな質問を投げかけられることはないだろうか。わたしはそんなとき、一瞬、ぼんやりしてしまう。それから、ああ、これは土日や祝日をどう過ごしているかというごく一般的な質問なのだと解し、そうですね、自宅でのんびり過ごすことが多いかもしれません、音楽を聴いたり、本を読んだり、Netflixをみたりなんかして……などと言って微笑み、間を空けずに同じ質問を相手に投げ返して、聞き役に回る。

八年ほどまえ、わたしは文芸誌が主催する新人賞を受賞し、以来、会社員として働きながら、作家として小説を書くという生活を送っている。朝五時に起床し、まず執筆。十時に出勤して、与えられた仕事をこなす。以前は不夜城なんて呼ばれるオフィスがあったほど深夜残業が当たりまえだった業界にながらく身を置いており、近年、働き方が組織レベルで見直されてはいるものの、いまでも定時であがれることはまずない。目のまえの残務をがむしゃらに片付け、なんとか夜十一時にはベッドに潜りこむ。というのが平日で、土日や祝日は、会社員としての勤務時間が小説の執筆時間にそっくり差し替わる。どちらの時間も労働と捉えれば、ちょっとしたブラック企業に勤めているようなものと言えるかもしれない。でもそのような生活を続けてきたことで、振り返ってみれば、なんとか、年に一回ほど文芸誌で小説を発表させてもらっている。いつも、これが最後かもしれないと思って書いており、筆をのんびり脇へ置くことはできない。……つまりなにが言いたいかというと、わたしの日常に「お休みの日」は存在しない。こわくって、自分からは休めないのだ。

　だから、それはいつだって向こうからやってくる。わたしには数少ないながら、信頼する友人や家族、家族のようなひとがいて、彼ら彼女らは、絶妙なあんばいで、断りようのないオファーをしかけてくる。その最たるものが、旅行だ。結婚するから、来て。いまいちばんに思い出されるのは六年まえのこと、親友の結婚式に参列するために、イタリアの、ミラノとヴェネツィアのあいだにある、わたしが訪れたことのない街へとはるばる出かけることになった。ミラノまでの直行便で前日入りし、式の翌日に戻るフライトがいいだろうと、行く気まんまんながらも東京での規則的な執筆生活にしばし別れを告げることに後ろ髪を引かれているわたしをよそに、東京からの同行者には、マリメッコのアメニティもらえるし、わたしトナカイのシチュー食べたーい！　と気づけば北欧での乗り継ぎ便が押さえられ、ヘルシンキの「一度は泊まりたいおしゃれホテル」が予約され、いつしか同行者の人数も増えていた。結婚式はすばらしかった。重厚な石造りのファサードがそびえるチャペルでの伝統的なセレモニー。その後に森のなかの宮殿のようなヴィラで催された披露宴では、肩の出た純白のドレスに身を包んだ友人が、愛娘の嫁入りに納得がいかない、そんな憮然《ぶぜん》とした表情を顔に貼りつけて朝からずっと機嫌のわるかった父親に不意にぎこちなく手を取られ、参列者みなが見守るなか、楽団によって即興で奏でられたワルツに乗って、一緒にダンスを踊った、あの美しい光景はいまも目にやきついている。結婚式が済んでからは、あらゆる国や地域から集まった友人らと、Airbnbをシェアして三日ほどミラノを満喫することになった。ショッピングにダイニングにと、朝から晩まで街じゅうを歩き尽くし、食べ尽くし、それでも飽き足りなくて、しんとした静寂と夜気の心地よい、真夜中の公園を探検していたら警備の男たちに危うく園内に閉じこめられそうになったりなんかして、大学生、いや、中高生みたいにはしゃいで過ごした。トランクにこっそり忍ばせていた執筆用のノートや資料を滞在中に取り出すことはなかった。けれど、帰国後に執筆はすこぶる捗った。コロナ禍に世界が見舞われてからは、わたしを日常から連れ出してくれる魅惑的なオファーはなかなか舞いこまず、正直しんどかった。世のなかがようやく落ち着きをみせはじめた昨年、友人に誘われて日本国内を久々に旅行した。帰宅して、ほどなく、新しい作品の構想があたまに浮かんだ。

　なんだろう、この感じ。始まるまではわくわくする気持ちが無限大に膨らんでいって、始まってしまえばきらきらと空を駆ける流星のごとくあっという間に過ぎていく。終わったあとは、けれども以前の日常とはどこかが異なる、そんな場所で、確実になにかを変化させた自分が日々をたんたんと、それでいてどこかういういしい心持ちで暮らしている。そう、夏休みだ。幼稚園に入園し、小学校、中学校、高校、大学を卒業するまで、夏が来るたび当たりまえのように過ごした夏休みが、わたしにとって、「お休み」の原型なのかもしれない。

そう言えば、ずいぶんと昔、新卒で内定を得た会社の入社式前夜、自室のベッドに潜ったわたしは目が冴えてなかなか寝つけなかった。もう引き返せない。学生時代には戻れない。ああ、わたしはこれまでのようなお休みをもう二度ととることができないのではないかと急に心細くなり、不安に襲われたのだ。ほかに術も知らず、一匹、二匹、と真っ暗がりのなか羊を数え始めた、あのときの自分に言ってやることができたなら、少しは安心して眠れただろうか、いや、かえって不安がいや増しただろうか。心配すんな。それは向こうからやってくる。

それは向こうからやってくる

杉本裕孝

杉本裕孝（すぎもと・ひろたか）

１９７９年東京都生まれ。青山学院大学国際政治経済学部卒業。２０１５年に「ヴェジトピア」で第１２０回文學界新人賞を受賞し、デビュー。「ピンク」「グッバイ、メルティ」「ジェイミー」などを発表。

お休meなさい

高橋久美子

今日はお休みにしようと決めて、水筒とサンドイッチを持って代々木公園へ行く。やたら人が多く、そうか祝日なんだと知る。アカペラで合唱している学生チーム、森のような犬の群れを連れた人、小さな子どもたちが破れたビニール袋に水を入れて何度も走っていく。穴から水がびたびたと漏れるのが楽しいみたいだ。人間はみんな興味深く、それぞれに特別だった。書きかけの歌詞とか原稿は家に置いてきたはずなのに、生きの良い言葉が浮かんできて、ノートを開く。サンドイッチを頰張りながら水筒をあける。出がらしの緑茶も、休日を彩るのに十分だった。身体の中を風が通り抜けて、木漏れ日が、ぐちゃぐちゃになったルービックキューブを元の配置に戻していってくれる。

生活と地続きの職業なので、「休み」、「仕事」と分けることが難しい。ずっと休みだともいえるし、ずっと働いているともいえる。机に向かっているときはそうでもないのに、休んでいるときにイカした言葉が出てくるから不思議。本物の生活はイマジネーションを超える。現実の方がうんとロマンチックでコミカルだ。自分の外側に出てはじめて、書いている時間だけが書くということではないのだと思い知る。

私の中で「休み」は、何段階かある。一段階目は書斎を出て台所とかリビングとか他の部屋の空気を吸うこと。二段階目は、本や音楽といった別世界への扉を開いて脳内で旅をすること。そして三段階目は玄関を開けて、家の外へ出ることだ。家が職場でもあるので、びっしりと溜まった自分から放たれたい。玄関というたった数センチの境界線を越えて休むことの難しさ。締め切りが迫っていると、どうしても家にこもりがちになる。そこを、勇気を出してサボるのだ。外には全く別のメロディーが流れている。家の近所を数分歩くだけでも鱗《うろこ》が剥《は》がれて一新され、太陽に温められた気持ちは、干した布団みたいにふかふかになる。書斎にこもって格闘する時間も大事だけど、たとえ数分だとしても、こうして外の風を入れることが一番の「休み」になり、新しい視点が生まれる。何ヵ月も粘《ねば》って書いたのに、この数分でひっくり返ることも少なくない。

　バンドをしていた時代も、歌詞をひねり出している最中には凡庸《ぼんよう》なことしか思い浮かばないのに、キッチンでネギを刻んだり、湯につかっているとき、はたまたトイレに入っているときなんかに、「きたー！」と閃《ひらめ》くことが多かった。一週間かけて書いたものが、三分の閃きで塗り替えられていく。やっと歌詞が完成し頭を解放した途端に来るので、腹も立つ。未だにこの現象がよくわからないけれど、良い作品を書くには一旦休みを挟むことが重要みたいだ。いや、ほとんど毎日休んでいるに等しい生活なんですよ。どうやら、私にとっての「休み」とは、頭と身体を解放して流れを良くすることのようだ。

　そういうわけで、私の電気のスイッチは、いつもオンとオフの間くらいで、ちかちかしている。完全にオフになるのは寝ているときくらいなのかなあ。夢の中でも良いフレーズが浮かぶことがあって、絶対に覚えておこうと思うのに、朝になると綺麗サッパリ忘れている。逃した魚はでかい。枕元にノートを置いてみたこともあったが、睡魔に打ち勝って書ける確率は二割くらいだ。翌朝、ミミズが這《は》ったような文字を解析してみるも、夢の中の閃きは大したことがなかった。

　数年前から、一ヵ月交代で実家の愛媛と東京を行き来する生活を送るようになった。

愛媛でも執筆をしつつ、昼間は主に畑をしている。農業もこれまた完全な休みというのがない。土作りから、種まき、草取り、野生動物を防ぐためのネットを張ったり、雨の日は収穫した胡麻をより分けたり、種を取ったり……季節や天気の具合とあいまって次から次にやることが出てくる。執筆以上に農業は生活と地続きなので、オンとオフがないのだった。

ただ、相手が地球なので日が沈んでしまえば辺りは真っ暗、今日はおしまい。また明日。となるのがすごくいい。自分の意志ではどうしようもないことが私にとって魅力だった。作家業は意志がほとんどだから、自分で塗り固められた東京での毎日とはまるで逆の生活だった。雨や風の日もお休み。野生動物に襲撃されたり、台風でなぎ倒されて収穫ができないこともある。何でもスマホで解決できてしまう二十一世紀においてあまりにコントロールできない職業だなと驚く。大きな巡りの中の一部として生活をする。夜は何かしら書いたり読んだりしたいけれど、身体がくたくたになって、なにもできない。電池が切れたみたいに休む。夢の中でイカしたフレーズが出てくることもないくらい、屍と化して眠る眠る。そして、また朝日とともに起きて畑へ向かう。

これは私の四段階目の「休む」という行為なのではないかと思う。身体はバキバキの筋肉痛だけど、自分という個を離れて地球の一生物として活動するとき、どこかホッとしている。

高橋久美子（たかはし・くみこ）

１９８２年愛媛県生まれ。作家、詩人、作詞家。ロックバンド・チャットモンチーのドラムとしての音楽活動を経て、２０１２年より文筆家として活動。著書に、小説集『ぐるり』、エッセイ集『旅を栖《すみか》とす』『一生のお願い』『いっぴき』『その農地、私が買います』『暮らしっく』、詩画集『今夜 凶暴だから わたし』、絵本『あ したが きらいな うさぎ』などがある。２０１７年に翻訳絵本『おかあさんはね』で第９回ようちえん絵本大賞を受賞。アーティストへの歌詞提供も多数。

釣り

滝口悠生

小説を書くのは机に向かう時間が長ければそのぶんだけ原稿ができあがるものではないので、労働時間と成果に合理的な関係性がなく、だから働くことと休むことを単純に対立させて考えると、なにが働きでなにが休みなのかわからなくなり、自分がすごい働いているようにも、休んでばかりのようにも思えてくる。

午前中、家事とか育児がいち段落して、自分が自由に動ける時間になったらなにか書こうかと一応思いはするが、すぐに書けることがなにもないのでひとまず書くのは諦めて散歩や買い物に出かけたり、本を読んだり、掃除をしたり、バッティングセンターに行ってみたりすることになる。それは一見逃避やサボりのようでいて、そしてそういう面もたしかにありつつ、しかしそういう時間を過ごすなかで小説を書く手がかりが到来するので、それを大いに期待して、散歩に出かけたり、本を読んだり、掃除をしたり、バッティングセンターに行ったりする。切羽詰まったときほど、散歩、読書、掃除、バッティング。それをしていれば必ず小説の手がかりが得られるという保証はないが、手がかりを得るまで散歩、読書、掃除、バッティングを続けるしかない。時間と成果に合理的関係がないから仕事術とか方法論も合理的ではない。

でも、これは多分なのだが、散歩をしたり、掃除をしたり、バッティングセンターに行ったりすれば、誰にでも小説を書く手がかりは到来する。しかし小説家でないひとにとってそれは一瞬頭によぎった物思いとか思い出し笑いのようなもので、きっとその日の夜になればきれいに忘れてしまったり思い出せなくなってしまう。小説を書くようなひとだけが、それを仕事の手がかりとして忘れずに持っておき、家に帰って机に向かい、どれどれとなにか書きはじめてみたりするのだと思う。

小説を書く仕事は釣りに似ているような気がしている。大人になってからはろくに釣りをしたことがないのだが、小説の原稿を書くときにいつも思い出すのは、子どもの頃に祖父やおじと一緒に港で釣り糸を垂れていたときの気分で、ただ座って釣れるのを待つ、魚を釣るという意志はあるが、そのためにすべきことが特にない。あるのかもしれないがよくわからないので、なにもせず釣れるのを待つ。という能動でも受動でもないような状態に、小説を書く仕事は似ている気がする。

　先日、久しぶりに母のきょうだいのうち存命の六人が一堂に会した。用件は長兄である伯父の介護老健施設への入居立ち会いで、その運転手役を私が担うことになった。秋晴れの素晴らしい天気の日だった。飛行機で東京に出てきたおじたち三人と、近郊住まいのおばたち三人とを七人乗りのレンタカーに満載し、埼玉の郊外の施設へ向かい、入居に際してのたくさんの説明を聞き、契約の手続きを行なった。小説家は平日も自由がきくからこういう場合に便利で、私はおじおばからたくさん感謝された。きょうだいの平均年齢はゆうに七十歳を超え、この先ふたたび全員が生きて揃《そろ》うことがあるのかと考えるとそれはかなり怪しく、施設のロビーでそのきょうだいの集合写真を撮影したりしていると、誰も死んでないのに葬式の日のような気持ちにもなった。そういう縁起でもない物思いをすぐに打ち消さず、自分の仕事の手がかりとして心に留め置く。いっけん気のいいこの甥は小説を書く仕事をしていて、そういう不《ぶ》躾《しつけ》で不謹慎な面もある、とおじやおばたちもよくわかっている。

夜七時過ぎに実家に母親を送り届けてお役御免となり、結局一日仕事になったこの日は本業の成果から見れば休日だが、ずっと机に向かっているよりよほど手がかりの多い一日だったかもしれない。自宅に帰る車中でステレオから流れてきたのは一九九七年に出た井上陽水奥田民生の『ショッピング』というアルバムに入っている「手引きのようなもの」という、連名ではあるが井上陽水がひとりで歌っている曲で、そこにはこんな歌詞があった。

山なりに　山なりに　丸く高く　弧を描くように
高ぶってはいけない　冷めきってもならない
どうか届けと　つぶやき投げるとよい
ああ　なんだ　釣りをする時の　手引きのつもりが
ああ　まるで　君といる時の　私ではないか

しないこと、してはいけないことがたくさんあって、なにかをし過ぎないことが奏功する、そんな背反的なところが釣りをすることと小説を書くことの似ているところだろうか。大切なことは、あらゆることに似て見えるものだとも思うけれど。

それで、そういえば奥田民生には休みの必要性を歌った「休日」という曲もあったはずだと思い出し、でもよく調べてみたら「休日」はユニコーン時代のソロ曲で、私が思い出していたのはユニコーン解散後にソロになった奥田民生が出した「コーヒー」という曲の歌詞だった。休みが必要だからコーヒーで一息入れよう、みたいなことを歌うその曲の最後でも明日晴れたら釣りに行く。

奥田民生が釣り好きなのは知っていたが、井上陽水は釣りをするのだろうか。しなそう、というか針のついていない糸を海に垂らしていたりしそうだ。「手引きのようなもの」の釣りのところは奥田民生が書いたのかもしれない。釣りをしないひとが他人が書いた釣りの手引きの歌を歌うのはどんな気持ちなのかと不思議に思うが、小説の言葉も全部書き手が書いた言葉でありながら、実は全部どこかからやってきた他人の言葉という気もする。釣りをしないひとが釣りの手引きを歌ったり、じっと水中の魚を待つみたいに、自分の外からしかやって来ない手がかりから書きはじめる。

滝口悠生（たきぐち・ゆうしょう）

1982年東京都生まれ。2011年に「楽器」で第43回新潮新人賞を受賞しデビュー。2015年に『愛と人生』で第37回野間文芸新人賞、2016年に「死んでいない者」で第154回芥川龍之介賞、『水平線』で2022年に第39回織田作之助賞、2023年に第73回芸術選奨文部科学大臣賞、2023年に「反対方向行き」で第47回川端康成文学賞を受賞。他の著書に『寝相』『ジミ・ヘンドリクス・エクスペリエンス』『茄子の輝き』『高架線』『長い一日』『ラーメンカレー』などがある。

それを「休み」としてしまえばいい

武田砂鉄

　このエッセイは「休むヒント。」と題した特集に掲載されるらしいのだが、休むのが上手な人ならば、こういった単発の原稿依頼を「すみません、ちょっと前から決まっていた仕事が立て込んでいて……」などと言いながら軽やかに断るはずである。しかし、あちこちから細かい発注を受けてテキパキ原稿を書き続けている生業としては、自動返信のように「喜んで！」とメールを返す。休むヒントについて考える原稿を書くことで、休みから遠ざかる。でも、それでいいと思っている。

　休むのが上手い、休むのが下手、という言い方がある。「あなたはどっちですか？」と聞けば、上手い、下手、どちらかの答えが返ってくるはず。休みの過ごし方を尋ねられた人気俳優が「ドラマと映画の撮影の間に四日間あれば、もう、海外行っちゃいますね」と即答しているのを見て「休むのが上手いな」と思う。そう思いつつ、航空券の手配とかマネージャーがやってくれるんだろ、と意地の悪いことも思う。一方、「もう、一気に昼夜逆転しちゃって、起きたら、すぐに太陽が沈む感じです（笑）」なんて答えている俳優は「休むのが下手」に位置づけられるのだろう。

上手い下手をジャッジする。それってつまり、「休み」がどういうものかを共有しているわけだが、本当に共有できているのだろうか。カレーとはどういうものかを共有しているからこそ、カレーを作るのが上手いか下手かを語れる。全体的に水っぽくて、ジャガイモがやたらと固ければ、それは下手なカレーだ。では、「休み」は、カレーのようにみんなで共有できているのだろうか。

自分の場合、基本的に、一日丸ごと休む日はない。月曜・水曜・木曜に週刊誌の締め切りがあり、火曜と金曜にラジオの生放送がある。月刊誌や書評やその他もろもろの仕事を、土日を含む七日間に分散させているので、毎日、何かしら書いたり、ゲラを戻したりしている。加えて、取材に出向く日もあれば、逆に受ける日もある。ある程度、仕事の全体像を知っている人からは「お忙しそうですね」と言われるのだが、「ええ、忙しくってもう」と言っても何がどうなるわけでもないので、「いえいえ、そうでもないっす」と答える。そう答えても、何がどうなるわけでもない。忙しいかどうかの確かめ合いって、あれ、なんなんだろう。

　こんな生活は「休んでいない」とまとめられるのかもしれない。でも、自分としては「休んでいる」。「いやいや、休んでないでしょう」「いえ、休んでいます」、つば迫り合いが続く。何を「休み」とするのか、私とあなたにはズレが生じているのだ。ならば、具体的に書いたほうがいい。この原稿を書いている今日、ここまでどんな一日を過ごしてきたか。

　朝六時に起床し、ベッドの上で、ストレッチと名乗るほどでもない謎の動きを数分した後、ポストから引っこ抜いた新聞を読む。朝ご飯を食べ、ワイドショーを観てから、仕事部屋に向かう。八時。『わかりやすさの罪』の文庫化にあたり加える新規原稿をチェックする。前の日にひとまず書き終えておいた原稿を細かく直していく。「これだと、ただの悪口ではないか？」と感じた箇所を、「これくらいなら、ただの悪口ってことにはならないだろう」という具合に調整して、編集者に送る。九時半になり、「AE

ＲＡ」のコラム連載を書く。今回のテーマは一〇月末に新たに一部開園した明治公園について。あらかじめイラストレーターにテーマを伝えておく必要があるので、数日前にテーマを決めてある。そこから頭の中に、こういったことを書こうと備蓄しておいたので、比較的スムーズに書ける。二〇〇〇字ほど。

一一時半。メールをチェックすると、ゲラを確認してほしい、プロフィール写真がほしい、インボイスの登録はどうなってますか、社内の会議室が埋まっているのでこの喫茶店でいいですか、といったメールが来ている。一気に返していく。一二時。昼ご飯を作って食べて、ソファーで昼寝して一三時半。で、この原稿に取りかかっている。おそらく一五時すぎには書き終わって、見直して一六時には編集者に送れるはず。

毎日、朝起きると、その日やるべきことを頭で整理する。この「群像」のエッセイが書き終わるのは一七時を予定していたので、なんと一時間早まったことになる。「ＡＥＲＡ」がテキパキ書けたのと、厄介なメールが来なかったのが大きい。基本的に、一七時から一九時までは最寄駅近くにある喫茶店に行って本を読むことにしているので、今日は一時間延びて一六時〜一九時が読書タイムになる。嬉しい。ものすごく嬉しい。アレを読み終わって、あっちに手を出すことができるかもしれない。

この一時間は自分で作り上げたものだ。なんとも誇らしい。三時間ってなかなかの休みだ。夜は二〇時くらいから、自治体の広報誌に依頼されたエッセイを書く予定になっている。おそらく二時間くらいで終わるはず。結果、今日の休みは一六時〜一九時だが、この三時間って、自分にとっては十分な休みだ。今日は存分に働いた日でもありながら、しっかり休んだ日にもなりそうだ。

「休み」と言うと、朝から晩まで何もしなかった日とか、仕事をほとんどしなかった日と位置づけられがちだが、一般的な基準で「休み」を考える必要はない。仕事がスムーズに進んで生まれた一時間を「休み」としてしまえばいい。

武田砂鉄（たけだ・さてつ）

１９８２年生まれ。出版社勤務を経て、２０１４年よりフリーライターに。２０１５年、『紋切型社会』で第25回Bunkamuraドゥマゴ文学賞を受賞。他の著書に『コンプレックス文化論』『日本の気配』『わかりやすさの罪』『偉い人ほどすぐ逃げる』『マチズモを削り取れ』『べつに怒ってない』『今日拾った言葉たち』『父ではありませんが』『なんかいやな感じ』などがある。週刊誌、文芸誌、ファッション誌、Ｗｅｂメディアなどさまざまな媒体で執筆するほか、ラジオ番組のパーソナリティとしても活躍している。

それを「休み」としてしまえばいい

武田砂鉄

マインドフルに休みたい

竹田ダニエル

私はとにかく体が弱い。そして体力が圧倒的に足りない。学業と本業と執筆業とその間に普通の生活もかろうじてねじ込んでいるため、私のことを個人的に知る友人は「ダニエル寝てる？」といつも心配してくれる。SNSには書いていないが、「体力温存」と「眠気」との戦いの毎日だ。いくら寝ても眠く、睡眠時間を確保しようと思うと仕事をこなす時間が減り、夜更かしをして遅れを取り戻す、そしてそのうち原因不明の腹痛や発熱を起こして1週間ダウンする……。そんな悪循環まみれの生活を何年も続けている。

家に帰ったらすぐに集中して仕事に取り組み、一区切りついたら息抜きに趣味の時間、週末はアクティブに外出や旅行、などという効率の良い生き方は決して私にはできない。体も頭も重くて起き上がれない時は、ベッドや床で横になって天井を見つめ、やらなくてはいけないことを永遠に考えている。平日朝からゴルフや朝活を楽しみ、会社員としてバリバリ働き、休日は旅行に出かける友人や、過酷な授業や試験のスケジュールに追い立てられながら、パーティーでハメを外して大騒ぎしても、翌朝にはしっかり宿題を提出して授業を受けている自分の生徒を見ると、羨ましくて仕方がない。しかし、まず体力をつけるための体力がないのでどうすることもできない。

こうして、本来は「休み」になりうる時間さえも、焦りと不安に駆られている。走っている夢を見ている犬が目を瞑りながら必死に脚を動かすように、目が覚めている間も、夢の中でさえもTO DOリストがぐるぐると頭を回り、気が遠くなる。セルフラブやセルフケアの社会的重要性についてこれほど書いているにもかかわらず、当の本人はそれとは程遠い生活を送っている。むしろシビアな生活を丸ごと慈しめるのは自分しかいないと大人になって理解した当事者だからこそ、セルフラブやセルフケアを考えることに惹かれるのかもしれない。これが自分という人間の特性だと理解して受け入れるという考え方にシフトしたのは、最近のことだ。肯定でもなくエンパワーするでもなく、ただ容認する。ＴＯ ＤＯリストを消化しきれなかった自分はダメな人間で、ＳＮＳに豊かな私生活を投稿している人たちと自分を比較して落ち込んで……なんていうネガティブなself talk（自分への話しかけ）を始めてしまっては、終わりのないスパイラルに陥ってしまう。

人生を「生産性」や「楽しんだという証拠写真」を指標として評価することは、本質的にはかなり有害だ。週末の弾丸旅行もカフェでの朝活も、平日夜のクラブ遊びも、他者から観測されなければ実行したことにはならない「シュレディンガーのＳＮＳ」状態になっていないだろうか。「Pics or it didn't happen（証拠写真がなければやったことにならない）」というミーム的なフレーズは、何かをやったという証拠がないと不安になってしまう現代の私たちをよく表している。写真映えするコーヒー、朝の散歩中の自撮り、ライブ中の動画。「今、この瞬間」を切り取っておかないとまるでその事実が消えてしまうかのように、私たちは「過去の記憶」を作ることに縛られている。そしてその呪縛から逃れるためには結局、「今」という時間に自覚的になり、その連続性に身を任せていくしかない。その価値観を体現しているのが、まさに（今となっては会社での生産性マニュアルや起業家のライフハックとして汎用されてしまっているが）「マインドフルネス」の考え方だ。

厄介なことに、目標としていたことが叶えば叶うほど、不安も増える。がむしゃらな向上心の根源となっていた夢や憧れも、達成してしまっては「意外とこんなものか」という呆気《あっけ》なさがある。残るのは、目標を達成した先に何もないことの絶望。そして世界に対して実際に変化を起こせたのか、意義はあったのかという疑い。例えば、私の本を誰かが読んで何かを感じるのか、今書いているこの文章も誰にも読まれないまま過ぎ去るかもしれない、読まれたとしても結局何のためにやっているのか……。そんなことをぐるぐると考えつつ、結局は今の自分の生活にあるものに目を向けるしかない。生活環境も人間関係も仕事も功績も、全部いつかの自分が憧れ、夢を見て、切望していたものだから。

それと同時に、「達成すること」に囚われすぎている自分がいることにも気づく。ジョン・レノンが「If you enjoyed the time you wasted, then it wasn’t wasted time（無駄にした時間が楽しければ、無駄な時間ではなかった）」と言ったとされるように、休むことや何もしないこと、「やらなきゃいけないこと」をいったん放棄しリラックスして休息を楽しむことは、生産と消費を人間の価値に結びつける資本主義社会においてはひとつの「抵抗」だ。資本主義に飼い慣らされた私たちは、休みに対して罪悪感を抱いて当然なのだ。

私は人を観察するのが好きだ。ＳＮＳ上でも、街中でも、他者の生活を通して、自分の人生を生きている節がある。しかし人生とは自分のものでしかなく、自分でなんとかするしかない。他者に嫉妬や羨望《せんぼう》を抱いても仕方がないから、自分に対する約束を大切にして、自分が納得いくまで、そして納得いかなくても、「生活」という人生の輪郭を作っていかなければならない。

だから今日もやらなきゃいけないことをぐるぐると考えながら横になって天井を見つめ、動けない自分を認めながら、焦りをかき消すように、自分にあるもの、自分にある「今」に感謝を寄せる。スマホを無限にスクロールしてしまう手を止め、ベッドから起き上がり、一歩外に出る。外の秋の早朝の空気は冷たくて木の葉の香りがするし、自分のことを大切に思ってくれている人もたくさんいるんだから。

竹田ダニエル（Daniel Takeda）

１９９７年生まれ。カリフォルニア州出身、在住。「カルチャー×アイデンティティ×社会」をテーマに執筆し、リアルな発言と視点が注目されるZ世代ライター、研究者。日本と海外のアーティストを繋げるエージェントとしても活躍。２０２３年「Forbes JAPAN 30 UNDER 30 2023」を受賞。著書に『世界と私のＡ to Ｚ』『#Z世代的価値観』がある。

マインドフルに休みたい

竹田ダニエル

ご自愛しまくろう

つづ井

私が「エッセイ漫画家」というちょっと不思議な職業を始めたのは、大学生のころのことでした。いきなり話し始めてごめんね！　つづ井と申します。実は日記とか言いたいことを文章で書くのが苦手でエッセイ漫画を描き始めたようなものだから、大変お読みぐるしい文章かもしれないのですけど、真面目に一生懸命書きます！　よろしくお願いします！

大学生のころの話に戻りますね。当時の私には子どものころから憧《あこが》れている職業があって、その仕事に就くために一生懸命勉学に励んでいました。地元を離れて初めての一人暮らしをする中で、アニメや漫画などのいわゆる「オタク趣味」が合う友人たちに恵まれ、彼女らと過ごす楽しい日常を絵日記（ごめんなさいね、なんだか自分の絵日記のことをエッセイ漫画とかコミックエッセイとかって呼ぶのまだちょっと照れちゃって、ここからは絵日記と呼ばせてくださいね。何年やってんだって話よね笑）にしてSNSで半分うわ言のように発信していたところ、運良く現在の担当編集者さんに見つけていただいて、あれよあれよと単行本化、ちゃっかり商業漫画家にという幸運すぎる人生です。しばらくは大学生活を送りながら絵日記を商業連載していましたが、時は流れ、就職活動の時期がやってきました。絵日記を描くのは当たり前に楽しかったので、兼業漫画家という形をとってみることにしました。

　ずっと憧れていた職業は、いわゆるブラック寄りな職場でのスタートでした。そして多くの新社会人が経験する、上司より先に出勤するための早起き、満員電車での通勤、慣れない業務、すでに出来上がっている人間関係、知らんルール、知らんノリ、知らん暗黙の了解、残業……。何も上手くこなせない自分に打ちのめされそうになる中で、それでも仕事自体は毎日とっても楽しいと感じていました！　子どものころから憧れていた、ずっとなりたかった職業に就けて、恥ずかしながらテンションがぶち上がってしまっていたのです。夢がかなった、自分でかなえた、いやたくさんの人のお世話になってかなえた、大変な時もあったけど、やりたかったことを今、私は、やれている！　と、時をおいて振り返れば、完全にハイになってしまっていました。

そして漫画家としてのお仕事も、作業が遅れることは（おおいに）あっても、絵日記に描きたい楽しいことはたえずあって、完璧な二足の草鞋《わらじ》！　とまでは言えないながらもどちらも楽しく打ち込めていると感じていました。

ある時、自分がアニメをずっと観ていないということに気が付きました。時間がないのではなくて、アニメを観ると疲れてしまうので、つい後回しにしてしまうのです。大学時代は毎週末遊んでいた友人たちとも、お互いの忙しさを理由に会う回数が減りました。大好きな漫画やアニメを楽しむこと、気の合う友人たちと楽しく過ごすことが私の人生の喜びで、すべての疲れを癒してくれる大切な休息の時間だったのに、なんだかすべておっくうになってしまっていました。それなのに、夜仕事から帰宅したら、お風呂にも入らずソファに沈みこんでスマートフォンの画面ばかり見つめてしまうのです。早よ寝なさい、もうツイッター見るのやめなさい、あったかいお風呂に肩まで浸かって白湯飲んで寝なさいといくら自分に言い聞かせても、もうぜ〜んぜん身体動かないでやんの。こんなに寝たいのに、寝るに至るまでのすべてのことができないの！
そんな時、親戚のおばあちゃんたちが、「寝る体力がない」と言っていたのを思い出しました。当時「そんなばかな」と聞き流していた言葉が、いきなりびっくりするほどの実感をもって鼻がぶつかりそうな距離まで近付いてきました。もしかして私も今、

「休むための体力」がない……？

それだ！　と思い立ち、ちょうど仕事の繁忙期も終わったため、とにかく色んなことをやってみようと決めました。半休や有給を駆使し、住んでいる街の知らない駅に降りてみるとか、きれいな場所を見つけたら深呼吸するとか、仕事帰りに神社巡りをするとか、食べたことないものを食べてみるとか、その程度のものです。ささやかですが自分を自分でちょっとびっくりさせることを目標に、無理しない範囲で、初めてのことだったり自分にとっては小さな挑戦を、日常の中にいくつも重ねてみました（私はこれをセルフサプライズと呼んでおります）。

その活動の一環で、たまたま街中でポスターを見かけた舞台の当日券をその場で取ったところ、なんと最前列で鑑賞することができました。目の前で繰り広げられる物語の

圧倒的な没入感、飛び散る汗の温度すら感じられそうな熱気、そのとんでもない迫力におったまげて、終演まで泣き通しでした。生きている人間、すごいなあ……と放心状態、心をがっちり鷲掴《わしづか》みにされたうえ乱暴に振り動かされたかのようでした。

　そしてそこでまさかの……人生で初めて「推し」と呼びたい俳優さんに出会ったのです！　そこからはもう、引くほど大忙しでした。彼の姿を観るために何度も劇場に足を運び、うっとりし、体力も気力もやる気も元気もみなぎりっぱなしでした。仕事は全然相変わらずしんどかったですが、舞台を観に行けることが自分でも意外なほど心の支えになっていました。友人たちにも舞台をおすすめして一緒に観に行ったり、「推し」と呼びたい俳優さんについて語ったり、お互いの新しい趣味についてもおすすめしあったり……気付けば、まるっきり学生時代のままというわけにはもちろんいきませんが、私が大好きだった「休息」がまたできるようになったと感じました。変わらずしんどいことはあるけれど、息継ぎができるようになったような感覚です。

「休むための体力」、一生懸命毎日を過ごしていると気付かないうちに減りがちよね〜と思います。今は専業の漫画家として慣れないお仕事にひいひい言うておりますが、これからも息継ぎしまくってご自愛しまくって、楽しく長生きするので、各位よろしくお願いいたしますね。

つづ井（つづい）

漫画家。Ｗｅｂで発表していた作品が話題になり、２０１６年に『腐女子のつづ井さん』として単行本化、デビュー。同作は第20回文化庁メディア芸術祭のマンガ部門審査委員会推薦作品に選出され、第２回次にくるマンガ大賞のＷｅｂマンガ部門でも第２位に選ばれた。他の著書に『裸一貫！　つづ井さん』『とびだせ！　つづ井さん』がある。

休む価値のある関係

年森 瑛

祖父が死去した。よって休暇を取得することとなった。

勤務先の制度を確認したところ、親族が死亡した場合の忌引きは連続する日数の範囲内の期間取得できると記載があった。死亡親族との関係性によって休暇日数が異なるようで、今回は死亡親族が「祖父母」にあたり、休暇日数は3日だった。

祖父が亡くなったのが火曜日のため、翌水曜日から休暇を取得し、そのまま土日と併せて5日間の休みになった。最初の2日間は遺品整理に費やした。私は衣類の処分担当だった。買ったばかりなのかタグがついたままのシャツもあれば、よく見慣れたベストもあった。上着のポケットから使用済みマスクが出てきて、本当につい最近まで元気に外を歩いていたんだなあと毛羽立った洋服の繊維を意味もなく眺めたりしながら、部屋にあった全ての服をゴミ袋に詰め込んだ。3日目も午前中は遺品整理をして、午後からは納棺のため葬儀場に向かった。土砂降りの4日目、葬儀を終えた後はストッキングを穿いたまま泥のように眠り、5日目も遺品整理に向かう予定が体力の限界を迎えてずっと寝ていた。もし3日間しか休みがなかったらとても身体が持たなかった。

　私の勤務先の忌引き休暇は遺品整理や心身の慰労のためではなく、葬儀などの行事で勤務の難しい職員が利用する制度として策定されているそうだ。前述の通り、死亡親族ごとに異なる休暇日数が割り振られており、「両親」「配偶者」が7日、「子」は5日なのだが、「祖父母」「兄弟姉妹」は3日で、「おじ・おば」「孫」はたった1日である。「甥《おい》・姪《めい》」に至っては項目すら無い。

　策定者からすると、葬儀を主だって取り仕切るのは「親子」「配偶者」のどちらかであり、他の親族は葬式当日に少し手助けするか参列するだけだからこの日数で妥当という判断なのだろう。しかしこれには、異性と結婚して子を生すこと、かつ親族全員が健康体で円満な関係性であることが前提に置かれているように思えた。組織側が一方的な解釈に基づいて休暇日数まで取り決めてしまうのは、様々な人が利用する制度の設計として十分と言えるのだろうか。

　私の勤務先では「配偶者」においては届け出や同居をしていなくとも事実上の婚姻関係に類する者は配偶者として扱うと注釈がついており、近年多様化する家族構成への歩み寄りを示してはいる。とはいえ、この世にある親密な関係性が全て「配偶者」の形に帰結するわけではない以上、あぶれる人々は必ず出てくる。

「阿佐ヶ谷姉妹みたいに仲良い友達と一緒に暮らして年を取りたい」と口にする人を近頃見聞きするようになったが、現状の制度では、市井《しせい》の阿佐ヶ谷姉妹が互いの骨を拾うために忌引き休暇を申請することは難しいだろう。同居しているならまだしも、本物の阿佐ヶ谷姉妹のように同じ集合住宅の別室にそれぞれ居住していた場合、申請の難易度はさらに上がりそうだ。人事に相談すれば特例として考慮してくれるケースもあるのかもしれないが、ただでさえ失意の中、所属組織に私的な関係性を検閲される負担を背負える人がどれだけいるだろうか。

　わざわざ特別休暇の範囲を拡大せずとも各々の判断で有休など使えばいいだろうとは、私は思えない。「血縁」と「婚姻」のみを休む価値のある関係性とみなす制度を多くの組織が採用して、それがほとんど疑問に思われることなく運用される社会のままでいいとは思いたくない。

学生の頃、飼い犬が死んだという理由で部活を休んだ先輩がいた。ペットごときで大事な時期の部活休むなよという声なき声が、その先輩の休みを知らされた部員たちの一部で確かに漂っていた。

私が祖父を弔えたのは、たまたま祖父が私の祖父だったからだ。祖父が祖父でなければ、危篤の連絡を受けて当日欠勤することも、そのまま何日も休むことも許されなかった。

私と祖父は、血縁と婚姻を重視する社会に運良く生まれただけだった。

先輩と、飼い犬と、私と、祖父の、どこに違いがあったというのだろう。

祖父の頬はよく照っていた。写真で見た犬は笑っているような顔つきだった。私は急に泣くことが増えて、先輩は、どうしているか分からない。

年森 瑛（としもり・あきら）
1994年生まれ。2022年、『N/A』で第127回文學界新人賞を受賞し、デビュー。

カーテンもないし

永井玲衣

「なんで、私が東大に。」という四谷学院の宣伝コピーがあるが、こちらも「なんで、私がこの企画に。」と思うことがある。

「セルフケア」とか、「休息」とか、「日々の余白」とか、そういうテーマをもとにした、取材や原稿、対談の依頼が多くやってくる。一週間で三回そんな仕事をこなしたこともある。流行っているということもあるし、「じっくり」「ゆっくり」みたいな、わたしがおこなっている哲学対話の時間と相性がいいというのもわかる。だからわたしはいつも、たしかにつながるかもしれませんね、みたいな話をする。

同時に「資本主義経済に飲み込まれるセルフケア」について注意を払わなければならないことにも言及する。多くの論者によって問い直されているように、セルフケアは新自由主義と手を結びやすいが、そうなると本質を失ってしまう。あるいは、日々の労働の合間に泡風呂に入るひとときを、セルフケアや休息と呼ぶことで、商業主義をごまかし、また過酷な労働に身を投じていくことを是としてしまう。
　そうではなく、休息としてのセルフケアは、人間らしさを取り戻すことである。アテンション・エコノミーから距離を取り、生産性の枠組みを拒否し、それらのものへの抵抗として、自分をいたわるのだ。

　はい。わたしは教室の電気をぱちんと点ける。ぱち、ぱち、ぱち、というスイッチの音と共に、明かりが戻ってくる。あなたは、まぶしそうに目を細めて、傾けていた身体を、気まずそうに起こすだろう。大学で講義をするかのごとく、いまわたしはとりあえず大事だと思えるポイントを紹介した。だが、群像にはもっと深く、クリティカルに、そして慎重に書かれた原稿がたくさん載るはずだ。だから、このあたりにしておこう。ここからは「わたし」の話だ。

実はよくわからない。

概念としてはわかる。本当に大事な話だ。セルフケアや休息は、あらゆる意味で重要だと思う。もっと流行ればいいし、もっと議論されるべきだ。だが、わたしは「セルフケア」ということが、どういうことなのか実は、ぜんぜんわかってはいない。だからやはり「なんで、私がこの企画に。」と思う。

休まない。生活ができない。暮らしができない。自分の人生に集中することができない。だからこの原稿は、休むヒントを提示することができない。ただわたしが、わからないと書くだけだ。歴史ある群像に、こんなことを書いてもいいのだろうか。

わたしの家には、長い間カーテンがなかった。あとWi-Fiもしばらくなかった。今は炊飯器とテレビがない。まわりにはテレビを見ているふりをしていたが、本当はない。何か思想があるからないのではなく、ないのでない。最近はスマホの充電器もない。部屋はあまり散らかっていない。物がないからだ。本だけある。大量にある。

ひとりの夜は、風呂も入らず、ご飯も食べず、顔も洗わず、コンタクトも外さないで、そのまま寝る。目が覚めると自分が、硬い本と、洗濯物にまみれていることに気がつく。

学校ないし　家庭もないし
ヒマじゃないし　カーテンもないし
花を入れる花ビンもないし
嫌じゃないし　カッコつかないし
（電気グルーヴ「N.O.」作詞：石野卓球）

これはわたしの歌だ。カーテンのない人間が語る「セルフケア」に、どんな意味があるのだろう。どれほどの意味があるのだろう。

いろいろなものがない。ヒマでもない。カーテンも、花ビンもない。それが嫌でもない。困っているわけではないのだ。「自分をいたわる」ということが、あんまり好きではない。だが、どこかそれではカッコつかないということもわかっている。

それにわたしは、休まることが自分をいたわることによって生じるとはあまり思えない。自分に対する信頼がない。お前に何ができる、とどこかでうっすら思っている。

自分のことを大切にすることに、そこまで夢中にならなくてもいいんじゃないか、と最近思う。もはや開き直りだ。でも別に、自分のことをすり減らしたほうがいいとか、犠牲にするまで頑張ったほうがいいとか、そういうことではない。そもそもケアは大変だ。自分のケアに疲れるということだってある。

徐々に思い出してくる。わたしは、自分の人生に真正面から集中するのが苦手だから、ひとの話をきいているのだった。じっと耳を傾けているとき、相手の言葉がわたしに入り込み、自分が相手の言葉そのものになるような感覚になることがある。そのとき、わたしの中のせわしないすべてが、停止する。静かな水中に潜ったかのような、何もかもがゆっくりになるような、そんな世界になる。別の世界に、連れ去られる。おどろく。このひとは、人間なのだ。息をしていて、笑ったり、食べたりして、生きているのだ。わたしはこのひとを傷つけることもできる。その途方もない自由が自分にあることに、またおどろく。そして、その自由を感じるわたしもまた、生きているのだとようやく思い出す。わたしはこのひとに傷つけられることができる。

それは「休む」イメージからあまりに遠い情景かもしれない。のんびりもしていないし、いたわってもいない。息をのんで、おどろいている。だが、休めていなかったときには決して気がつくことのなかった事実だ。なぜ忘れていられたのだろう。

セルフケアによって取り戻すところの「人間らしさ」が何なのか、簡単には言えない。でも、このひとは取り替えのきかない生を生きているのだと、ひりひりするように感じることが、誰かの話をきいていると起こる。カーテンがなくたって、花ビンがなくたって、何度でも思い出すことはできる。できるのだ。

永井玲衣（ながい・れい）
人びとと考えあう場である哲学対話を幅広く行っている。後藤正文（Gotch）らを中心とするムーブメントD2021でも活動。著書に『水中の哲学者たち』。詩と植物園と念入りな散歩が好き。

カーテンもないし

永井玲衣

会議を大っぴらに「さぼる」男女が増えぬ限り、この国の未来は途方もなく危ういと思う

蓮實重彦

「休む」ことと「休まぬ」こととの決定的な違いは、その後者が、いま自分は何かをしているという思いこみを「休まぬ」主体にもたらしがちなことにある。いうまでもなく、それは途方もない錯覚にすぎない。実際、ほとんどの場合、「休まぬ」主体は、自分はいま忙しくしているというただそれだけの理由で、何かをしているものと思いこんでしまう。だが、忙しいことがその主体にいかなる積極的な行動ももたらしはせぬことなど、誰の目にも明らかなはずである。であるが故に、「休まぬ」ことは必然的に愚かなことでしかない。では、その愚かさを、人はどのように回避すればよいか。これという理由もなく、ひたすら「休む」ことにすればそれでよい。別の言い方をするなら、「さぼる」ことに徹すればよいのである。「さぼる」ことが主体の積極的な振る舞いであ

ることはいうまでもない。

例えば、会議を「さぼる」こと。そもそも、現今のわが国の社会には、無駄な会議が多すぎる。その最大のものは国会かもしれぬ。実際、その委員会の中継などをＴＶで見ていると、大臣どもが役人の書いた文章を読みあげたり、いかがわしい過去の振る舞いを問われれば、「記憶にない」とくりかえすだけでしかないのだが、そんな質疑応答など到底会議と呼ばれるべきものではない。自分の言葉を語れないのであれば、そもそも会議などに出るべきではない。にもかかわらず、連中は何かをしているつもりになっている。それにいまさら文句をつけるのもためらわれるが、一番簡単なのは、誰もが、これという理由もなく、あえてみずから会議を「休む」こと、つまりはそれを「さぼる」ことに徹すればよいだけのはなしだ。

さる国立大学の教官を三十年ほど務めた経験からして、会議が多すぎるという思いはいまも捨てきれずにいる。それぞれの学部にはさまざまな任務の異なる委員会があり、その上に、学部の最高意志決定機関としての教授会というものが置かれている。いずれの委員会も、また教授会も、個人的には、できればそれへの出席を回避したいものばかりだった。それ故、教授会は可能な限り「さぼる」ことを実践した。また、委員会の委員にも選出されないようにあれこれ努力したものだ。

例えば、いまにくらべれば遥かに若かった大学への着任当時、学生対策の委員会の委員を拝命したことがある。そこでの最初の主題は、学生寮の「コロッケ腐敗事件」という途方もない議題をめぐるものだった。全学の不意の停電によって寮の冷蔵庫が機能せず、買いおいていたコロッケが腐ってしまったので、学部が弁償せよというものだった。それを解決するには、具体的に何個腐り、その単価がどれほどだったかを申告させ、それに相応しく学部が弁償すればそれですむというだけの話で、そのために、委員会と寮の代表者とが団体交渉をするほどのこともあるまいと思っていた。

ところが、その「団交」なるものが催され、あろうことか深夜まで及んでしまう。それに腹を立てたわたくしは、寮代表の不届きな発言に激しく反応するふりをして、教官と寮生とを隔てていたテーブルを不意に乗り越え、その不届き者の胸ぐらを摑まんばかりに立ちふさがった。何しろ、高校時代は高跳び、すなわちハイジャンプの選手だったから、みずからの身体的な能力には充分すぎるほどの自信を持っており、あっという間に机を飛びこえることなど朝飯前だったので、その勢いで寮代表の一人を窓ぎわまで追いつめた。そこに寮生と教官とが止めに入り、一件落着となり事態は曖昧に終わってしまったのだが、以後、あいつは委員に向いていないという評判が立ち、ほとんどの委員会に属することもなく、教授会もさぼりにさぼった。実際、暇な誰かさんが調査したところによると、教授会構成員の中で欠席率がもっとも高いのは、どうやらこのわたくしだったということが判明したとのこと。

ところが、そろそろ定年が近づいてきたころ、何か途轍《とてつ》もない間違いから、教授会の司会にあたる学部長というものに選出され、途方に暮れたことがある。現実には、妻と顔をつきあわせて辞表を書こうとしていたのだが、その晩は、たまたまごく親しい小津安二郎監督のキャメラマンだった厚田雄春さんのご葬儀にあたっていたので、ようし、小津監督につくされたあの厚田さんのために一丁やったろうかという気になり、それを受け入れることにした。厚田さんには深い恩義を感じていたからである。

わたくしのその後の職歴について詳しく触れるつもりはないが、それからしばらくの間、頻繁すぎるほど会議の司会役を仰せつかることになってしまった。そのとき、会議を早く終わらそうとする努力はあらかじめ放棄するしかなかった。議長が早急に会議を終わらせようとすればするほど、早くは終わらせまいとする構成員が決まってでてくるからである。

だが、それにしても、この世界には無駄な会議というものがあまりに多すぎるし、おまけにその議題のほとんどはどうでもよいものばかりである。例えば、わが国の大学の国際性をどうすれば高めることができるかという文部大臣――当時の呼称である――の諮問に応えることを、その場にいた委員の一人として大っぴらに拒否したことがある。そんなことは個々の大学が思考し実践すればよいので、とうていここでの主題とはなりがたいものだと宣言してのことである。それに、そんな無駄な議論にこれほど多くの文部官僚がつき合うにも及ぶまいと目の前の大臣を睨みつけながら宣言すると、あたりがしーんとした。司会役の教授が何とか取りなそうとしたのだが、その審議会の結論がわが国の大学の国際化に貢献したりしなかったのは当然のことである。その後、しばらくして尿意を催して会議室から出ると、数人の新聞記者がばたばたと追ってきて、「ご辞任ですか」と口々に問うた。文部大臣を初め、並みいる文部官僚、委員の教授たちにもまして新聞記者どもを心から軽蔑したのはごく当然の事態の推移だった。だから、その後、多くの無駄な会議ばかりが行われている大学といういかがわしい環境には、二度と近づくまいとみずからにいい聞かせた。

以上の個人的な体験からしても、率先して会議を「休む」こと、すなわちそれを大っぴらに「さぼる」ことに尽力する男女がいま少し増えないかぎり、この国の未来は途方もなく危ういといわざるをえない。

蓮實重彦（はすみ・しげひこ）

1936年東京都生まれ。東京大学仏文学科卒業。映画批評家、文芸批評家、フランス文学者。パリ大学にて博士号取得。東京大学教授を経て、東京大学第26代総長。1978年に『反＝日本語論』で第29回読売文学賞、1989年に『凡庸な芸術家の肖像』で第39回芸術選奨文部大臣賞、2016年に『伯爵夫人』で第29回三島由紀夫賞を受賞。1999年にはフランス芸術文化勲章コマンドールを受章する。著書に『夏目漱石論』『表層批評宣言』『映画論講義』『「ボヴァリー夫人」論』『ショットとは何か』『ショットとは何か 実践編』など多数。

シャヴァーサナの話

平松洋子

シャヴァーサナ。

亡骸《なきがら》のポーズのことだ。ヨガの最後にかならず行うアーサナ（ポーズ）で、仰向けになったまま目を閉じ、手足を広げて横たわる。言葉を発さず、動かず、ただ静かに身を横たえる。一体の骸《むくろ》のように。

シャヴァーサナの話をしたい。

その前にまず、アシュタンガヨガを始めたときのことを話さなくては。

なまった身体を動かしたくて、二年前、藁《わら》にもすがる思いでヨガ・スタジオに通い始めた。一週間のスケジュール表のなかにひとコマだけ、聞き慣れない名前のヨガのクラスがあり、それがアシュタンガヨガだった。アシュタンガの名前にはうっすらと覚えがあり、新聞か雑誌の記事だったか、パワーヨガの源流だと読んだ記憶がある。そこで、興味本位でおっかなびっくり参加してみたら、いっぺんで圧倒されてしまった。予想をはるかに上回るハードな動き、周囲についていけない焦燥感、数日間続くすさまじい筋肉痛……ボロボロになった。

いちいち崖っぷちに追い込んでくるヨガなのだ。ただでさえ腕の力が弱いのに、両膝を浮かせた腕立て伏せの姿勢から下半身だけ跳ね上げ、同時に両膝を「Ｘ」に交差させてたたみ、身体を支える両手のあいだに置いて、すばやく腰を下ろす……アクロバットとしか思えないのに、基本のキ、ただの序の口。まさか、そんな！

アシュタンガヨガでは、緩みやリラックスとは別方向の集中を求められる。筋肉、腱、関節、くまなく全身を機動させて動き、シークエンスを重ねてゆくエネルギー量は相当なもので、十五分もすれば汗が滴り落ちる。リードする先生のカウントの声についていくだけで精一杯、汗をぬぐうひまもなく、途中で止まったり休んだりもしない。アーサナの形と順序はすべて決まっており、ウジャイ・ブレス（鼻呼吸）を続けながら動いていると、いったん走り始めたら終着地まで降りられない列車に乗り込んだかのよう……書いているだけで動悸《どうき》がしてくる。

おい待て、じゃあどうしてそんな苦行を続けるんだ？　呆れ顔で問われるのは当然だろう。私だって不思議なのだから。ただ、無謀なことを始めてしまった、と何度青ざめても、辞めたいと思ったことは一度もない。

理由はふたつ、ある。

身体の動きが、少しずつ、少しずつ変わっていった。胸と両脚がぺたりと密着したり、肩甲骨や股関節の可動域が広がったり、肩立ちのアーサナを保ったまま蓮華座《れんげざ》を宙で組んだり、そんなのぜったい無理だと遠い目をしていたくせに、奇跡の瞬間は不意にやってくる。

あれっ、いま、できた⁉

身体の不可能が可能になる瞬間は、いくつになってもビッグバンをもたらす。

もちろん、いまだに初級段階をうろついているし、思うように動けてもいない。でも、薄紙を重ねていれば大丈夫だよとつぶやく自分がいる。習う、直す、また習う、また直す……地道に繰り返せば、そのうちきっと身体が最適解を導き出す。二年前には想像もしなかった事態だ。

さて、亡骸のポーズ、シャヴァーサナの話。

土曜日の午前中、一時間半のクラスの終わり。スミエ先生は、仰向けのシャヴァーサナの体勢になった生徒たちに向けて声を掛ける。

「すべて手放しましょう。静かな呼吸に戻し、ゆっくりと自分に意識を向けましょう」

いつもの言葉にうながされ、あたりはしんと静まり返る。ついさっき、油断すると崩れて転がってしまうウールドヴァ・パドマアサナ（肩で支えて全身を逆立ちにし、宙で蓮華座に組んだ脚を下から手で支える）を必死の思いで保ち、シルシャーサナ（頭頂で一直線に立つ）に挑んだりもした。いずれも、体内に溜めたエネルギーを漏らさぬ鍛錬でもある。

ところが一転、あらたな局面がやってくるのだ。

すべてを手放しましょう。

集中を解き、ぜんぶ忘れてしまいましょう。

上を向いて横たわるだけなのに、おいそれとはうまくいかない。鎮まろう、鎮まろうと自分に言い聞かせるのに、ともすると頭のなかは小忙しく、さっきまでの強い集中や緊張の流れをすっぱり断ち切るのは、そう簡単ではない。たったいま脳裏に浮かべたくもない雑念がぽっと浮かぶ……税金の支払い、風呂場の排水口の掃除、昨夜のささいな言い争い。しかし、たまに何光年も離れた星屑《ほしくず》となって漆黒の宇宙をたゆたうことがあったりする。

去年の秋だった。ヨガマットを丸めて片づけている私にスミエ先生が言った。

「今日のシャヴァーサナ、とてもよかったですよ。ふわーっと手放して軽やかでしたね」

こうも言われた。

「シャヴァーサナには、そのひとの状態が表れます。自分では解放しているつもりでも、手足がこわばって緊張しているのが伝わってきたりもする」

私は粛然とした。なんてこった。シャヴァーサナとは、ただの仰向けの姿勢でも、練習の締めくくりのルーティンでも、ようやく与えられた休憩時間でもなかった。それは、一体の亡骸となって現世の意識をほどくこと、大きな余白をみずから手にすること。

あの日以来、シャヴァーサナの解放感を求めてヨガを続けているような、奇妙な感覚が芽生えた。汗だくで動いたあとの自分について、ふと夢想する。いつか、すっからかんの空洞になれるだろうか。

平松洋子（ひらまつ・ようこ）

１９５８年岡山県生まれ。東京女子大学文理学部社会学科卒業。食文化や暮らし、文芸をテーマに執筆活動を行う。２００６年に『買えない味』で第16回Bunkamuraドゥマゴ文学賞、２０１２年に『野蛮な読書』で第28回講談社エッセイ賞、２０２１年に『父のビスコ』で第73回読売文学賞を受賞。他の著書に『肉とすっぽん』『おあげさん』『ルポ　筋肉と脂肪　アスリートに訊け』など多数。

離れる時間

藤代　泉

この三年くらい、ずっと休んでいた。生きるということ以外のだいたいのことを、休んでいた気がする。

ふたりめの子どもを産んだあと、経過が思わしくなくて、長く続く体調不良とともにすごしていた。寝込むことが多くて、横になっている時間が長かった。ひとりめの子どもにしてあげられたたくさんのことを、してあげられなかった。でも、そばにはいた。乳をふくませ、寝息に耳をすまし、できあいのごはんを食べた。

すこしずつ大きくなってゆく子どもとは対照的に、私の具合はよくならなかった。数ヵ月が経過したころ産後うつになった。あんまり、記憶がない。ひとつだけ憶えている。スーパーで、子どもを抱っこ紐でかかえて、カートを押していたはずだった。通路のまんなかで立ちどまって、はらはら泣いた。どうしたらいいのかわからなかった。何を買ったらいいのか、とかじゃなくて、もう、どうすればいいのか、なんにもわからなくなっていた。その後投薬治療をうけて、行政の介入があった。保育園に預けて、休んでください、と言われた。預けるための、書類だの、送り迎えだの、すべての行動が、できない、と思った。

　実際に預けるまでの長い時間のことはほとんど憶えていなくて、でも子どもは大きくなって、体はすこしずつ回復していった。園に行く道すがら、畦にニラの花が咲いていたこと、秋明菊《しゅうめいぎく》の白い花弁がゆれていたこと、そういうことをよく憶えている。きれいだった。ほんのわずかずつ取り戻していったひとりの時間が、霧雨みたいに肌にしみてゆくのをそっと待つような時期だった。

　揺り戻しのように寝込んでしまうときもあって、子どもとの生活が豊かだったかというと、よくわからない。テーブルに子どもふたりぶんの卵かけご飯をおいて、自分は横になっていた記憶が、複数回ある。人と自分の命を守る以外の行動をとれなかった。命を守る。それ以外のことはすべて瑣末だった。人にどう思われるかとか。母としてどうなのかとか。生きること。とにかく、生きてゆくこと。

夜はちいさな命の寝息を聞いて、かすかに肌をあわせて眠りにふれて、朝になったら子どもを送り、家族と離れてひとりですごす。ときどき歩いて、野原の草木を眺めた。川辺に咲くタデのちいさな花、じゅず玉の丸い実。ただそこでしんと生きる命のそばでだまっていると、自分が透けてゆくような感じがしてとても楽になれた。人にあんまり、会わなかったぶん、自然のそばにいた。離れるということは、なにか別のものに近づくことでもある。いろんなものから離れたようでいて、草木の、ひとつひとつの命には近づいたような気がする。幼いころよくそうして、歩いていた。自然や、自分ともう一度出会いなおして、関係を結びなおしてゆくような時間だった。

さびしい、という感情と出会いなおすまで、家族といる時間以外はほとんどひとりですごしていた。だんだんさびしい、という感情が育ってゆくのを待っていた。本をよく読んだ。人のことばにふれると、届くものがあって、またひとりになれた。歩く距離が長くなると、水辺にもよく行った。水の沈黙のやさしさは、寄り添ってくれるもののなかでもとくに好きなものだった。

体がずいぶん回復しても、私は休んだままだった。子どもが大きくなって、そんなに手がかからなくなっても、かわらず歩いて、草木を眺めて、本を読んで、空を見ていた。倒れないために無理をしないでいることが命を守ることだった時期を、とうにすぎても、まだ休んでいた。

湖のほとりで、枯葉を落とした桜の枝に、わずかに花が咲いているのを見ていた。秋に咲く桜は、時期を間違えているのではなくて、ただひたむきに生きているだけだと思う。ただじっと待って、咲くべきときに咲いた。咲くためにずっとたくわえてきたもの、準備してきたものが、花開いている。それを私は見ているのだと思った。

長い休みを経て、さびしい、という感情が、じゅうぶん育ってきた気がする。人に会うようになったら、その人の命やことばが存在することがうれしくて、会ったあとの余韻までうれしかった。人に会えなかったときはよく夢を見た。だれかに会う夢。そこにある豊かさが命を守ってくれもした。でもそろそろ、動いて、会いに行きたい、と思うようになった。人にかぎらず、離れていたたくさんのものごとに。長く休んだこの期間に、ゆっくりと養い、しずかにしずかに盈《み》ちていったものが、なにかに会いたがっている。

くもりの日の白い海に行ったとき、ひさしぶりに子どもの写真を撮った。寒い風が吹いて波が高かった。水あったかい、と言ってはしゃぐ姿を見ていた。いつのまにか草花だらけになっていたカメラロールのなかに子どもの顔がならぶ。

生きること。とにかく、生きてゆくこと。なんども唱えつづけていた日々が離れてゆく。カメラロールには、たくさんの命の写真がある。枯れゆく枝。つぼみ。赤くなってゆく実。風にそよぐすがた。駆ける子ども。みんなひたむきに生きていた。

離れる時間

藤代 泉

藤代 泉（ふじしろ・いずみ）

１９８２年栃木県生まれ。筑波大学第一学群人文学類卒業。２００９年に「ボーダー＆レス」で第46回文藝賞を受賞しデビュー。「姫沙羅」「ミズナラの森の学校」などを発表。

問いの立て方が間違っているのではないか？

古川日出男

人を信じられないことと信じられる人がいないことは違う。ほぼ同様に仕事を休めないことと休める仕事がないことも違う。さて、どこから解説するのがよいのか？　素直にここは順番どおりに進める。人を信じられないとはなにか。「他者に自分（自己）をゆだねられない」ということだろう。なかなか虚無的な感じがする。いっぽう、信じられる人がいないとはなにか。これはもう僕だのあたしだの俺だのわたくしだののことを他者にゆだねられる、ゆだねられるしゆだねたいのだけれども、そういう他者がぜんぜん見当たらないのだという型となる。なかなか絶望感がただよう。それでは仕事の話に移ろう。仕事を休めないとはなにか。「それによる自分（自己）の拘束が続いている」ということだろう。縛られているので楽しくない、という状況だ。ならば休める仕事がないとは？

いや、その前に休める仕事とはなにか。

「それをしている最中にも拘束されない自分（自己）が現われる」仕事だ、ということになる。縛られつづけるわけではない、ゆえに楽しいと感ずる。そういう瞬間だのモメントだの刹那《せつな》だの一弾指《だんし》だのが出現する、もしかしたら三十分一時間三時間七時間、さらには半日と持続する。これが休める仕事なのであって、それでは改めて、休める仕事がないとは？　そのように拘束されない自分（自己）が出現する仕事に就けていないことを指す、となる。なるほど、絶望的な状況である。休める仕事はあるのだと信じられている、にもかかわらず、そういう仕事がぜんぜん見当たらない――と形容しうる様相である――のだから、なんというか、

「誰かを信じたいんです。でも、その『誰か』が見つからないんです！」

と叫ぶに似る。

私は作家なのでわたくしの仕事はそれだ、著述だ、ということに普通ならばなってしまう。たとえば書きたいと望んでいる小説を書いている状態というのは休める仕事に就

いているのに通ずる。他に戯曲、詩、批評も私は執筆するが、やはり「自分から望んだ」原稿に臨むや、没入の度合いが変わる。ほぼ、まるまる没我である。この〝没我〟の二文字は実態をすでに表わしている。このような執筆時には、私は「自分（自己）というものは、縛られるどころか没却《ぼっきゃく》されている」のだ。そこには僕だの俺だのわたくしだのはああ残念、捕縛しようにも消えてしまっておりますよ、消えてしまっておりますのですからおりません——非在です——よ、だ。私には休める仕事はある。ただし、休める仕事を確保するために、専業作家であるという様態を保たなければならず、たとえばこの「休むヒント。」特集の原稿を、私は没我状態で書けているか。

　まさか。めちゃめちゃ縛られている。

　そこで私は事前にいろいろ考えたのだった。ふだん自分はどこで執筆をするのか。自宅の二階の仕事部屋で、ほぼ全種の著述を行なう。そこには休める仕事も休めない仕事（これだ）も含まれる。その仕事場いがいで、執筆をすることはあるのか。いや、ほぼ皆無だ。だとしたら、仕事場にいなければ、休めない仕事をしていても〝仕事〟をしている感じからは解放されるのではないか？

かもしれない。

との見込みを立て、私は、この「休むヒント。」原稿の執筆予定日に、わざわざ仕事部屋に新しいエアコンを導入することにした。その取り付け工事の予定を入れた。朝一番からである。そして自分は一階のダイニングに下りて、そのテーブルにラップトップ型コンピュータを置いた。そして書いている。仕事部屋にいるわけじゃないから、これって〝仕事〟じゃないんだぜ、と気楽に書こうと試みている。この〝気楽〟の二文字には気持ちが楽しいねとのニュアンスもある……ようにも感じられる。どうだ？　私は楽しいか？　二階から、工事の作業をする方（若い男性）の舌打ちが聞こえる。どうやら設置に難渋しているようだ。高性能の大型のエアコンを購入したので、「ボルトが足りない」云々と言われた。ボルトとはネジ bolt であろうか？　いや電気関係の、コンセントの供給電圧 volt だ。しかも古い木造家屋なので、木の柱が歪《ゆが》んでいて、指定した壁面にエアコンをすぽっと嵌《は》めるのに困難が、等。うなられる。いや、すみません。しかし、僕も忙しいんです。という様子を演じるために、こちらもダイニングの卓に臨んで、うんうんとうなる。真剣に執筆しています、と全身にて訴えんとして、なにやら眉間にしわが寄る。通常に数倍して「休めない仕事」に目下むきあっているんだぜ、と、これはもう本気で縛られまくっている。すでに演技は超えた。（精神的に）きつい。

私は見込みの立て方を間違った。

ほかにも間違っていることは、あるのではないか？　ないとは言えないのではないか？

私は「休む」は「遊ぶ」と同義語なのかと問いたい。また「遊ぶ」の対義語が「働く」なのかと尋ねたい。しかし誰に尋ねたらよいのか？　そこでハタと立ち止まるわけで、こういうのは信じられる人がいない様相にも似るな、と思え、すると絶望感がただよう。なかなか相当に絶望的なのだ。

いっそ人が信じられないほうがいいのか。だんだんとニヒリストになる。私も。あっ、予定時間の三十分越えでとうとうエアコンが付いた。あざーす。

古川日出男（ふるかわ・ひでお）

1966年福島県生まれ。早稲田大学第一文学部中退。1998年に『13』でデビュー。2002年に『アラビアの夜の種族』で第55回日本推理作家協会賞と第23回日本SF大賞、2006年『LOVE』で第19回三島由紀夫賞、『女たち三百人の裏切りの書』で2015年に第37回野間文芸新人賞、2016年に第67回読売文学賞を受賞。現代語全訳を手がけた『平家物語』はTVアニメ化され、続く『平家物語　犬王の巻』も劇場アニメとして映画化された。他の著書に『サウンドトラック』『ベルカ、吠えないのか？』『聖家族』『馬たちよ、それでも光は無垢で』『南無ロックンロール二十一部経』『森　おおきな森』『の、すべて』、ノンフィクション『ゼロエフ』などがある。

ヤスムノコワイ

星野博美

「休む」について私の考え方に影響を与えたのは、１９８８年に女友達と行った卒業旅行での体験だった。

私たちは旅を終えたら4月1日から一般企業に就職することになっていた。社会人になったら、なかなか海外へ遊びに行けなくなる。その前に1ヵ月間、精一杯はしゃごうではないか！　二人の目的は一致した。そしてシンガポールからマレー半島を鉄道で北上し、マレーシアのペナンから車でタイに向かい、サムイ島に渡った。

いい島だった。が、次第に違和感が増大した。夜になると、レストランで客寄せ目的のビデオ上映が始まり、どこも欧米から来たバックパッカーで満杯になる。しかし上映作品が微妙で、「ランボー」や「ロッキー」といった、ベタなハリウッド映画ばかりだったのだ。

最初は異文化体験にワクワクしたはずの彼らは、じきに時間を持て余し、ハリウッド映画で暇をつぶすようになったらしい。若かった私はそんな彼らの姿に意外なほど反発を感じ、島を出ることに決めたのだった。

サムイ島の船着き場で出会ったオランダ人に連れられ、さらにへんぴなパンガン島へ移動。公共交通機関はなく、行商人と交渉して、トラックの荷台に積み上げられたビール箱の上に乗せられ、さらに人の少ない島の北側へ行った。

海辺に建てられた掘っ立て小屋のようなバンガローで寝起きし、食事や飲酒は宿泊エリアの中央にある大きめのバンガローでする。アジアから来た客は私たち二人だけで、あとはオランダ、ドイツ、イギリス、スウェーデンなどのバックパッカーたちだった。ようやく静かな時間が過ごせる、と私は喜んだ。

当時、「西洋人バックパッカーの旅の仕方」に根拠のない憧れを持っていた私は、上下巻の分厚い小説を旅先に持ちこみ、来る日も来る日も、砂浜やハンモックで読みふけった。それが旅でのたしなみだと勘違いしていたのだ（今だったら絶対にそんなことはしない。旅先で本を読むのは、その土地に対する冒瀆《ぼうとく》だと、今の私は考える）。

　しかしパンガン島の現実に気づくのに、そう時間はかからなかった。本を読んでいると時々、浜辺に点在するバンガローから、奇声や、明らかにラリったような高笑いが聞こえてくる。砂浜に注射器が捨てられていたこともあった。レストランでは真剣な表情で、島で入手したハッシッシを母国へ持ち帰る方法を相談しあっている人たちがいた。

　ここはジャンキーの巣窟《そうくつ》だったのか……。

　サムイ島で、うつろな目で「ランボー」を見ていた若者たちは、まだかわいいほうだった。旅という刺激的な非日常は、数日もすれば慣れて日常と化してしまう。さらに退屈した人たちがこちらへ移動し、それを快楽と呼ぶなら、快楽に耽溺《たんでき》しているのだった。

　私たちをここへ誘ってくれたオランダ人は大変親切なナイスガイだったが、彼もまたハッシッシの常習者だった。オランダではワークシェアリングが進んでいるため、週に3日だけ郵便局で働き、それで貯めたお金で毎年タイへ来るのだと教えてくれた。

　そんな先進的な働き方が可能なのか。私の目は一瞬輝いたが、じきに我に返った。

　彼が旅を通して「充電」でき、自分が属する日常にそのパワーを還元できるなら、私がとやかく言う権利はない。でも、日常と非日常は、それほど器用に使い分けられるものだろうか。その世界から戻って来られなくなったら？　現にシンガポールの安宿では、インドに長逗留《ながとうりゅう》してしまったバックパッカーを何人も見かけた。

何もせずに休むのは、思いのほか大変だ。度を超すと、心身を壊す危険性もある。社会に出る直前に、休むことの怖さを、タイの島で見せつけられたのだった。せっかく入社した会社は1年ももたず、それから写真家のアシスタントという激務の時代を経て、文筆業界に入ったのはちょうど30代にさしかかる頃だった。

フリーには文字通り、制約がない。雑誌などから仕事を発注され、取材に行って原稿を書き、報酬を得る請負仕事をほとんどしなかった私は、長い時間をかけて書いた本の微々たる印税がたまに入るだけで、傍から見れば無職のようだった。

勤め人からは最大の贅沢に映るような「膨大な時間」を、私は持っていた（今も持っている）。しかしパンガン島で、休みと退屈が背中合わせであることを目の当たりにした私にとって、時間とは恐ろしい存在でもある。水温が一定に保たれ、監視員のいる小さな屋内プールではなく、常に目の前に大海が広がっている感じだ。

それにどう対処したのかといえば、何もしないことをしない、だった。常に自分の位置を確認し、流される前に早めに陸に上がる。休まずに働き続ける、とは少し違う（第一、それほど仕事がない）。歩くでもいい、日記を書くでもいい、雑踏の中で人を眺めるでもいいから、とにかく何かをする。そして遊び過ぎず、飲み過ぎず、必ず日常に戻ってくる。そうやって四半世紀生きれば、それが習慣になった。

傍からは、遊んでいるように映るだろう。が、自分では働き者のつもりだ。

星野博美（ほしの・ひろみ）

１９６６年東京都生まれ。ノンフィクション作家、写真家。２０００年に『転がる香港に苔は生えない』で第32回大宅壮一ノンフィクション賞、２０１１年に『コンニャク屋漂流記』で第２回いける本大賞と第63回読売文学賞随筆・紀行賞、２０２２年に『世界は五反田から始まった』で第49回大佛次郎賞を受賞。著書に『戸越銀座でつかまえて』『みんな彗星を見ていた』『今日はヒョウ柄を着る日』『旅ごころはリュートに乗って』など多数。

確かにそういう時間があったということ

堀江 栞

小さな紙の上に、顔のような丸が浮かんでいた。目や鼻、口らしきものがついている。顔を描くつもりはなかった。じんわり広がる透明の色面を、筆の穂先でつついたり、腹で広げたりする。水彩で描くのは何年ぶりだろう。最初のうちは、自分で筆を積極的に動かして画面を作っていたけれど、次第に、水に動かされる色の行方を見届けてから作業をするようになった。水彩絵具は岩絵具と違って、粒子のような質感を持たないため、色だけを考え、机の上の、波打った紙に溜まる色を眺める。水をふんだんに使う仕事をここ数年してこなかったことに気づく。私が岩絵具を扱うときは、細かな描写を繰り返しながら進めるので、面相筆で力を押し込めるように、手首を固定して描く。水彩では、含みのよい彩色筆で、手首の力を解放してゆるやかに仕上げる。こういう手の使い方を久しくしていなかったし、ちょっとした待ち時間のようなものがあると、なんだか落ち着かない。

　高校生の頃に有機溶剤のアレルギーがあるとわかったので、私が絵を描くために使えるのは、岩絵具と和紙、そして膠《にかわ》だけである。進学した美術大学では、慣れない画材に苦戦しつつも、たちまち岩絵具の奥深さに魅了された。粒子が砂のように粗いものから粉のように細かいものまで、十数段階に分かれている岩絵具は、あらかじめ混色したものを画面に置くのではなく、単色を塗り重ねていくことで色を作るのが特徴の一つで、その物質感も踏まえながら絵具を重ねて自分だけの絵を作る面白さは他に代え難く、粒子のひとつぶひとつぶが、かけがえのないものとなっていった。

　大学在学中にアレルギーを悪化させ、長く療養した。絵が描けないどころか日常生活もままならなかったが、回復して、異国で一年を過ごした。実制作ができなくても、岩絵具を扱う感覚はいつでも傍にあった。その色と質感がものを見る基準で、目に飛び込んでくるものは、常に岩絵具の色で認識する。描き始めると、次に置くべき色がまぶたの裏に見えて、自然と手が動き、色の向こうの色が浮かび上がる。画面が密度と硬度を持ち、指先にしっくりきたのを確かめながら、絵の奥に深く意識が沈んでいく心地よい瞬間を待つ。私にとって絵を描くというのは、「岩絵具」で描くことだった。

それが、ある出来事をきっかけに絵が描けなくなり、岩絵具に触ることさえできなくなった。絵が救いになったことはこれまで何度もあったけれど、今回ばかりは、絵が逃げ場にならず、岩絵具で描くことが辛い記憶と結びついて、それを取り払うだけの集中力も湧いてこない。何を見ても色に変換されず、むなしく半年が過ぎた。その間、いろいろ考え続けて行動にうつしたものの、いざ絵に向かおうとしても、色や質感への感覚は固く閉ざされたまま、戻ってくる気配はなかった。いま筆を握らなければ、なにもかも失われてしまうのではないか。頭の中の引き出しから岩絵具を一度取り出して、別の種類の色を収めてみよう。留学中に偶然見つけた、添加物の少ない、すべて西洋の色名がついているあの水彩絵具なら、岩絵具を思い出すことなく、集中して最後まで描ききれるのではないか。膠を用意し、和紙を水張りして支持体を作る必要もなく、水と紙さえあれば、すぐに取り掛かれる気やすさもありがたかった。

謎の目鼻を持った楕円を、これが何かもわからないままに、水彩絵具で何枚も描き続けた。下描きはせず、その瞬間の気持ちに合った色を、まず紙にのせていく。岩絵具を用いる時は、自分の頭の後ろから指令が下りてきて、水彩のときは、額からやってくる。あえて分類するなら、ドローイングにあたるのだろうけれど、出来上がったものはどれも不恰好だったので、誰にも見せないつもりで、裏に日付だけ記し、乾いた紙片を古い菓子箱にしまった。岩絵具の絵は、描くほどに中身が詰まっていき、ある密度に達した時、掌に絵が吸い付いてきて、それが筆を擱《お》く合図になる。一方、水彩は手数の追加が鈍重さにつながることがあるため、ほどよくこらえて、絵と少し距離を保つ。描きあがると、指の間からふっとすり抜けていくように感じた。

百枚を超えたあたりで、数年前「群像」に寄せた、十代の辛い記憶についてのエッセイを思い出した。タイトルは、「かさぶたは、時おり剥がれる」。積み重ねられたこれらの紙片も「かさぶた」なのではないか。心身のひび割れを塞いでくれるのが自分にとっての岩絵具だけれど、それでもできてしまったたくさんの傷を覆ってくれたのが、水彩絵具だったのだ。私は生まれたものたちを「かさぶた」と名付けて、日付順に通し番号を付した。「かさぶた」の束は徐々に厚みを増し、七百枚を超えた。岩絵具に触れなくなって、いつのまにか一年半が経っていた。

剝がれるに任せた「かさぶた」を描き続けたこの時間が、自分にとってなんだったのか、まだわからずにいる。しかし、確かにそういう時間があったということを示す、不揃いな痕跡を並べる展示の機会をいただき、多くの方の支えのもと、なんとか一枚、岩絵具の作品も描きあげることができた。個展のタイトルは、あのエッセイと同じにした。かさぶたが剝がれた後の、まだ痛みの残る柔らかい皮膚を、今度は岩絵具で包んでいきたいと思う。

堀江 栞（ほりえ・しおり）

１９９２年フランス生まれ。多摩美術大学美術学部絵画学科日本画専攻卒業。主な展覧会に、「声よりも近い位置」（√K Contemporary、加島美術、２０２１年）、「小企画：堀江栞―触れえないものたちへ」（神奈川県立近代美術館鎌倉別館、２０２２年）など。２０１５年に第26回五島記念文化賞の美術新人賞、２０２０年に第６回世田谷区芸術アワードの美術部門、ＶＯＣＡ展２０２２の佳作賞、第32回タカシマヤ美術賞を受賞。多和田葉子『献灯使』などの装画を担当。２０２２に画集『堀江栞 声よりも近い位置』を刊行。

確かにそういう時間があったということ

堀江 栞

休み時間

益田ミリ

休み方は
その時々の
年齢で
変わるよな〜
仕事の隙間が休み、
みたいな時代も
あったけれど
50代になった今は
イツノマニ
フッ
土、日、祝は休みと決め、
決めただけでなく、それを
伝えることも重要で
土、日、祝は休む人に
なりました
決めて、
伝える

それ以外にも
余暇は必要なので
長期休暇も大切に
しています
生活面でも休みの
ための工夫や改善が
ありました
たとえばお風呂
英単語を覚えたり
本を読んだり
顔ヨガをしたり
ウエストやせ運動をしたり
せっかくなのでなんか
していた時期もあるの
ですが、
あったな
今では、

休み時間

益田ミリ

お風呂では無になり
ただタイルをながめています
なにかとバタバタ
しそうなときは
ル・クルーゼの鍋いっぱいに
おでんを作る
という楽しい手抜きを
取り入れつつ
朝夕
ODP《おでんパーティ》
やはり〝休み〟には
重きを置き、
旅もしたいし
毎日、7時間くらいは
寝ています
もしかして
ゆるゆる
しすぎ？

机に向かわずとも
ぼんやり原稿は
考えてるけども……
50代、もっと
無理したほうが
よいのか？
と頭によぎったときに
思い出す本があるん
です
山本文緒さんのエッセイ
『無人島のふたり』（新潮社）
がんの宣告を受け58歳で
永眠された山本さんの
最後の日記です
その中の一節、
「例えばもう仕事は
最小限にして語学を
やったり体を鍛えたり、
お金じゃなくて時間の
ほうを使えばよかったの
かもしれない。」
わたしはここを読んだ
とき

「スイスに行こう」
「ずっと行ってみたかったし」
と、真っ先に思ったのです(叶えた)
マッターホルンきれいやったー
人生
それは、
時間
自分のために使った
と、思える時間が
一日のうちにあるのがええな
うん
てくてくてく

益田ミリ（ますだ・みり）

1969年大阪府生まれ。イラストレーター。主な著書として、漫画に『ランチの時間』『お茶の時間』『すーちゃん』『僕の姉ちゃん』『こはる日記』『泣き虫チエ子さん』『スナック　キズツキ』『ツユクサナツコの一生』『ヒトミさんの恋』、エッセイに『東京あたふた族』『小さいわたし』『永遠のおでかけ』『小さいコトが気になります』、小説に『五年前の忘れ物』『一度だけ』『アンナの土星』、絵本に『はやくはやくっていわないで』などがある。

休息の解像度

宮内悠介

　休むのが下手だ。特にここ一年がやばい。ワープロソフトを立ち上げているときやゲラを前にしているときだけが心穏やかで、仕事をしていないときは、途端に、何をしていいかわからなくなってしまう。たとえばゲームとかをやっても、「いま仕事をさぼっている」という意識が先に働き、そわそわして、純粋にリラックスして楽しめない。遊びや趣味に無心になって打ちこめない。というより、何が趣味だったのか、自分は何が好きで何が嫌いだったのかだんだんわからなくなってくる。それでいて長時間、無益にSNSを見て消耗したりもする。

　そうなった原因は、実のところ、はっきりしている。

　禁煙だ。二〇二二年の終わりに、お医者さんと血圧がやばいねという話になり、さすがに年貢の納めどきであろうと、医師の指導のもと禁煙をはじめた。以来、どういう脳内物質の匙《さじ》加減か、休むということができなくなった。休むための回路がどこかへ消えた。たぶん、そのうち休みかたを思い出せるのだろうと予想はしているのだけれど、いま現在、そうなってはいない。休めないというより、何が休みなのかがわからないというのが正確なところか。休むことが苦手で困っている人は、多くが、こういう状態にあるのではないだろうか。

　休めないというのは由々しき事態である。ちゃんと休めなければ、ちゃんと仕事をすることもできないからだ。したがって、仕事も休みもちゃんとできないという、わけのわからぬことになりかねない。ＳＮＳで休みを満喫している人の写真とかを見ると、なぜ自分にはこれができないのかと焦燥感にかられる。そして、ちゃんと健康に休めている人をいくら眺めても、そこから休むヒントを見つけ出すのは難しい。であれば、このような休むことが下手な人間が、休むことについてのエッセイを書く意義もあるというものだろう。

　どうすれば休めるようになるのか。

最悪、煙草を喫《す》えば元に戻りそうではあるが、それは最後の手段にしたい。

そもそも、これまではどうやって休んでいたかを思い出してみる。列挙してみると、これが案外に多い。のんびりと、好きな漫画を読む。曲を作る。異様に凝った欧風カレーを作る。妻と「バイオハザード5」の協力プレイをやる。友達と飲む。映画を観る。休日を作って一日中寝る。ちょっとしたプログラミングをやる。ジャンク品のレトロPCを修理してみる。山へ行く。囲碁や麻雀を打つ。短歌を詠む。それからそう、旅だ。旅で調子が整うことは多い。ただ、ぼくの場合は期間を必要とする。だいたい二週間くらい。言葉も通じないような土地へ行って、二週間くらいすると、急に思考がクリアになり、憂鬱《ゆううつ》が晴れ、何もしていないときはちゃんとリラックスできるようになる。コロナ禍でしばらく海外へ行けていないことも、昨今の不調の遠因になっている可能性はある。

しかし列挙してみてわかったのは、ぼくが漠然と「休み」だと思っていたものが、実際のところかなりの多岐《たき》にわたり、ものによって、まったく性質の異なることだ。たとえば、山へ行けば心は洗われる。曲を作るというのは、創作行為で、自己実現の一部だろう。寝るのは体力の回復や記憶の整理だし、妻とゲームをやるのは、コミュニケーションの一端になる。それぞれ、作用も効果も異なるのだ。

たぶん、ここに休むことが難しい理由がある。

休むことが難しいのは、そしてこれという唯一の処方箋《しょほうせん》を見出しにくいのは、休みという言葉の種類や定義があまりにも多岐にわたるからではないか。より正確に書くならば、世の中には多種多様なストレスや精神的・肉体的疲労があり、それにぴたりと対応するような休みかたが異なって存在し、そして健康な人はなんらかの休息を必要としたとき、無意識下で、状況にあった適切な休息を選び取る。しかしながら、ぼくたちのほとんどは漠然と「休み」と大きな枠でくくり——そして、適切な種類の休息を本能的に選べないような、なんらかの不健康に見舞われたとき、休みかたを間違えたり、休めなくなったりするのではないかと思う。

だからそのような場合は、まずストレスや「休み」の解像度を上げ、客観的な自己診断をもって、適切に、自分をケアしなければならないのだろうと思う。では、ぼくの場合はどうしたらよいのか。最初のほうに書いたことを読み返してみる。——たとえばゲームとかをやっても、「いま仕事をさぼっている」という意識が先に働き——うん、ワーカホリックだ。検索窓に「ワーカホリック　対策」と打つ。「休め」と出てくる。うるせえ。

普通に考えるならば、まずは、強引に休日を作るところからだろうか。ぼくのようなフリーランスは、好きなときに働ける一方で、えてして休みなく働いてしまう。だから日曜なら日曜と決め、家族との時間を持つ。友達と遊ぶ。趣味の時間を確保する。そして様子を見る。たぶん、最初は休息を感じられないだろう。でもおそらくは、それをくりかえすうちに、休むのがうまくなっていく。そういう気がする。こんなところだろうか。

なお、このエッセイの依頼のメールがあったのは、敬老の日であった。祝日である。編集さん、休んでください。

宮内悠介（みやうち・ゆうすけ）

1979年東京都生まれ。1992年までニューヨーク在住。早稲田大学第一文学部卒業。2010年に短編「盤上の夜」で第1回創元SF短編賞選考委員特別賞（山田正紀賞）を受賞。2012年に連作短編集『盤上の夜』として刊行しデビュー、同作で第33回日本SF大賞を受賞。2013年に『ヨハネスブルグの天使たち』で第34回日本SF大賞特別賞、2017年に『彼女がエスパーだったころ』で第38回吉川英治文学新人賞、『カブールの園』で第30回三島由紀夫賞、2018年に『あとは野となれ大和撫子』で第49回星雲賞日本長編部門、2020年に『遠い他国でひょんと死ぬるや』で第70回芸術選奨文部科学大臣新人賞を受賞。著書に『かくして彼女は宴で語る　明治耽美派推理帖』『ラウリ・クースクを探して』など多数。

休息の解像度

宮内悠介

勤勉なふりをした休日

宮田愛萌

二十五年の長いとも短いとも言えない人生のうち、少なくとも十九年くらいは怠惰な人間として生きてきた。

喉元過ぎれば熱さを忘れるという言葉の通り、当時したはずの苦労も美しい思い出に変わっているだけなら良いのだが、受験生と呼ばれる立場であった小学六年生の頃も、高校三年生の頃も、でてくる思い出はベッドの上で『ハリー・ポッター』や『マリア様がみてる』を読んだ記憶ばかりである。『ハリー・ポッター』シリーズはまだ単行本で十一冊だから良いが、『マリア様がみてる』シリーズは全三十七巻である。受験生が戯《たわむ》れに読むには少し長い。

高校時代、どうしても行きたくない授業は、出席日数を数えてギリギリセーフくらいになるように休んでいた記憶もある。ちなみに行きたくなくなったきっかけは、隣の席の友人が教科書を忘れたので机を付けている時に、頬杖をついて窓の外を眺めていたら「やる気ないなら帰っていいよ」と先生にめちゃめちゃ怒られたことである。友人の手前「教科書忘れたのは私じゃない」とも言えず、友人はずっと申し訳なさそうな顔をしていた。その日から私はその授業だけ三週連続欠席し、友人はそれから一度も教科書を忘れなかった。

　唯一と言って良いほど頑張った記憶があるのは国語科から出る夏課題の作文くらいだろうか。国語以外は九月が来てからが本番であり、提出日のその授業が始まる号令までに終わらせればそれは期日を守ったことになる。と言って休み明けのテストが終わった後に必死になってノートを埋めていた。

　これは学生たちへのアドバイスだが、終わらなかった場合は潔く「まだ終わっていませんすみません」と謝った方が良い。下手に「やったんですけど持ってくるのを忘れました」と言うと「明日職員室に持ってきて」と言われることがある。正直に言って謝ると「じゃあいつなら出せるの？」と、一週間程度締め切りを延ばしてもらえる可能性が高まるのだ。ちなみに私はやったのに持ってくるのを忘れた場合でもやっていないふりをしていた。次の日も忘れたら絶対もっと怒られるので、締め切りを次週にしておいて持ってきた時に出す作戦である。良い作戦だったと思うが、真似することは推奨しない。

要領は悪くない方であり、楽観的で、運が良い。この三つの性質の美しいコンビネーションにより、私の怠惰な生活は形作られていた。そんな私がセルフケアについて語るなんて、十八の私が聞いたら呆れるに違いない。「あなた、怠惰じゃない」と。

しかし、大学に入ると私の生活は一変した。

最初の半期はアルバイトが楽しくて三つ掛け持ちし、かつ大学の広報課の学生団体に入っていた。二ヵ月くらいサークルに顔を出していたこともある。夏以降はアルバイトではなく、きちんとお仕事をしていた。授業は取れるだけ取り、二年生からは司書資格取得のための授業も取っていたため、まあまあ忙しい生活をしていたのではないだろうか。怠惰にしていなくてもかなりぎりぎりだったため、気がつけば自分が怠惰な人生を送っていたことを忘れてしまった。

私の中に、勉強や仕事とは辛いものだという勝手な先入観がある。「社畜」という言葉や、一日最低十二時間は勉強するべきだという受験生生活の印象がそうさせているのだろう。だからだろうか。私は今も昔もあまり勉強や仕事をしているという感覚がない。

大学では大好きな日本文学を学び、仕事も楽しいと感じることの方が多かった。繰り返していたのは「大学での勉強は趣味みたいなものですから、辛いよりも楽しいが勝ちます」という言葉だ。そして今は、ずっと大好きだった言葉で表現する仕事をメインにさせていただいている。

自分が楽しくて、やりたくてやっていることなのに、休みを取りたいと思うことに対して罪悪感を抱くようになった。前職が、私生活が充実している様子を見せるのはあまり望ましくないとされる職業だったこともあるかもしれない。好きなことで辛いと言ってはいけないような気すらしてくる。

現在、私はある程度自分の裁量で休みを調整できる。だからこそ、休みを取っていいのだろうか、と不安になってしまうのだ。頭では、好きなことだろうと休んでよいし、休息が必要なことは理解しているが、この時間でなにか別の仕事や勉強ができるのではないかと思うと休むことを躊躇《ためら》う。怠惰な人生を十九年送っていたのに、休みを躊躇うようになるなんて、と感動を覚えるほどに。

あの頃のように「まだ終わっていませんすみません」と言って締め切りを一週間延ばしてもらうわけにはいかない。ちょっと怒られたからと言って出社拒否できるわけもない。もう大人になったのだから。自分の行動ひとつひとつが、「他人から見た私」を形作っている。それはすごく怖くもあり、楽しくもあり、時折わああと叫びたくなる心地になるのだった。

私はそんな時、ひとりで観劇に行く。

観劇は私の趣味のひとつだ。だからはじめは観劇も娯楽であるという罪悪感もあったが、物語や人物をどのように解釈しているかを知るための勉強だと自分を納得させることで、他の休息よりもずっと気軽に楽しめるようになった。

私はよく観劇を「する」のではなく「行く」と言う。そしてその場にいる「観客」としての役を全うするのだと思いこむことによって、気軽に楽しめることに気がついてからは、出来るだけ色々なことを罪悪感の少ない言葉で言い換えるようになった。言葉によってこんなにも感覚が変わるのだと思うと、嬉しい。少しずつ罪悪感を言葉で薄めて、休むということに感覚をなじませているのだろう。そうしたらいつか「この日は予定があるので別日でお願いします」「体調が悪いので休みにします」と自然に言えるようになるのだろうか、と考えたところで急に自信を無くしたように私は思った。

宮田愛萌（みやた・まなも）

1998年東京都生まれ。2023年アイドルグループ卒業時に『きらきらし』で小説デビュー。エッセイの執筆をはじめ、帯文の寄稿や作家との対談、短歌研究員として短歌を詠むなど活躍の幅を広げている。

勤勉なふりをした休日

宮田愛萌

線を抜く

吉田篤弘

かれこれ十年ほど前のこと、恒常的なめまいに襲われて、足もとがおぼつかず、かかりつけの医者に診てもらったところ、

「心身ともに疲れているんでしょう」

とのこと。つまりは、「身も心も休ませなさい」という診断だったのだが、「身」の方は、力を抜いて寝台に横たわれば、とりあえず休ませることができる。しかし、「心」の方は、どうすれば休まるのか――。

以来、これといった手立てが見つからず、「さて？」と思案するうち、大変なことに気づいてしまった。

自分ばかりではなく、医者までもが、「心」「こころ」「ココロ」と気安く口にしてい

るが、よく考えてみると、それは一体、どこにあるのだろう？

なんとなく、胸の奥のあたりにあるような気がしていたのだが、それは心臓であって、心ではない。それに、心臓ばかりは、なんとしても休ませるわけにはいかないのだ。

「そうか、心なんて、なかったんだ」

自分史上、最大の発見である。

とはいえ、物理的に存在しないとしても、「心」と呼んでしかるべきものが、自分の中のどこかにあるのは間違いないような気がする。

そもそも、この「気がする」の「気」というのも、「心」に属しているのではないか。となれば、「気がした」り、「思った」り、「考えた」りするのは、胸の奥ではなく、脳に違いなく、ようするに、「頭を休ませなさい」ということらしい。

それにしても、おかしな話だ。

頭は体の一部なのに、わざわざ、「心身ともに」などとことわって、別もの扱いされている。なぜ、脳だけが——といったようなことに頭を働かせていたら、もうひとつ重大なことに気づいてしまった。

「体」という字から、横に引いた線を一本抜きとると、なんと驚くなかれ、「休」という字になるではないか。

これぞ、極意なのであった。

抜くのである。

体から力を抜いて、心から気を抜く。

しかしまぁ、これがじつに難しい。ビールやコーラは、「線」ならぬ「栓」を抜くと気が抜けていくが、人間の栓は、どこにあって、どうしたら抜けるのか。

文字遊びのついでに、発見をもうひとつ。

そもそも、人はなぜ疲れるのだろう？

疲弊の原因のひとつに、労働があるのだとしたら、自分の労力は、あらかた「本」を書いたり作ったりする仕事に費やされている。ほとんど休みなく「本」のことばかり考えているのだが、この「本」という字が、「体」という字の中に含まれているのは、はたして偶然なのだろうか。

文字の教えを肝に銘じるとすれば、「本」のことばかり、あれこれ考えていると、まさに文字どおり、いつまでたっても、「体」から横線が抜けなくて、「休」にならない。

困ったものである。

「書を捨てよ、町へ出よう」

と書いたのはアンドレ・ジッドだったか。

では、机の上にひろげた本を閉じ、町へ出て行くのは疲れそうだから、散歩がてら、近くの公園へ行ってみよう。

その公園には子供の頃から通っている。公園というより、「森」と呼んだ方がふさわしく、無数の木々が、いくつもの緑を重ねて、色濃い森をかたちづくっている。子供の頃は森が恐かった。得体が知れなくて恐いのではなく、あまりにも静かで穏やかで、自分が森とひとつになっていくような感覚に、まだ馴染みがなかった。

樹木は「おとなしく静かに暮しているもの」と書いたのは幸田文だ。毎年、とある書店の求めに応じ、「これぞ」と太鼓判を捺せる愛読書を選んで、推薦の言葉を書き添えている。今年は、「いまこそ」という思いから、幸田文の『木』を選んだ。

「もし、人間に徳があるとすれば、それは、『おとなしく静かに暮しているもの』を慈しむ思いが備わっていることです」

推薦文にそう書いた。これは人間に対する手放しの礼賛ではなく、ぜひ、そうであってほしいという希望だ。

森の中を歩き、静けさの中に木々の声を聞きとれないものかと夢想する。

人は小さな声を聞こうとするとき、耳を澄ますだけではなく、心も澄ましているように思う。心なんてない、と豪語したばかりだが、あるはずのない心が胸の奥に意識され、言葉ではないもので、森と交歓しているように感じる。

そうして森をめぐり歩いていると、「本」から離れて、言葉や文字を知らなかった子供の頃に戻されている。乱れて散らばっていたものが、あるべきところに収まり、強張《こわば》った力が体から抜けて、余計な気負いが栓を抜いたように消えていく。

自分を休ませるのは、ひとつも難しいことではない。自分が——あるいは人間が——元いたところに戻ればいいのである。

そういえば、「本」という字から横線を一本抜くと、「木」になるではないか。

これはきっと、偶然ではない。

吉田篤弘（よしだ・あつひろ）
１９６２年東京都生まれ。小説を執筆する傍ら、「クラフト・エヴィング商會」名義による著作と装幀の仕事を手がけている。２００１年『稲垣足穂全集』『らくだこぶ書房21世紀古書目録』により第32回講談社出版文化賞ブックデザイン賞を受賞。著書に『つむじ風食堂の夜』『それからはスープのことばかり考えて暮らした』『レインコートを着た犬』『おるもすと』『金曜日の本』『月とコーヒー』『中庭のオレンジ』『物語のあるところ——月舟町ダイアローグ』『鯨オーケストラ』など多数。

装画　長場雄
装丁　岡本歌織（next door design）

初出　「群像」２０２４年１月号
「休み時間」（益田ミリ）は、描き下ろしです。

休《やす》むヒント。

2024年4月9日　第1刷発行

編者　群像《ぐんぞう》編集《へんしゅう》部《ぶ》
発行者　森田浩章

発行所　株式会社講談社
〒112-8001
東京都文京区音羽2-12-21
電話　出版　03-5395-3504
販売　03-5395-5817
業務　03-5395-3615

KODANSHA

本文データ制作　講談社デジタル製作
印刷所　株式会社KPSプロダクツ
製本所　株式会社国宝社

定価はカバーに表示してあります。
落丁本・乱丁本は購入書店名を明記のうえ、小社業務宛にお送りください。
送料小社負担にてお取り替えいたします。
なお、この本についてのお問い合わせは、文芸第一出版部宛にお願いいたします。

JASRAC出 2401695-401

ISBN 978-4-06-535068-3　N.D.C. 914　206p　18cm